Code Quantum - 5
Le jugement du fléau

CODE QUANTUM

Melanie Rawn

D'après les séries de Universal Television
Quantum Leap créées par
Donald P. Bellisario

Code Quantum - 5
Le jugement du fléau

Traduit de l'américain
par Patrick Marcel

Éditions J'ai lu

Titre original :

QUANTUM LEAP : KNIGHTS OF THE MORNINGSTAR

Aux fans de *Code Quantum* qui, comme moi, refusent de croire que Sam n'est jamais rentré chez lui.

Et à Scott Bakula et Dean Stockwell, qui faisaient de la série un bonheur pour les yeux.

L'idée de continuum spatio-temporel immuable et le principe de *Code Quantum* sont mutuellement incompatibles. Précisons néanmoins, pour la cohérence de ce roman, que son intrigue s'intercale entre les épisodes « Le bien et le mal » et « Le retour du mal/La revanche ».

PROLOGUE

Nerfs : frémissements/muscles : tremblements/peau : picotements/lumière : éblouissement/synapses : embrasement...

Non, impossible. Il ne pouvait pas devenir fou...

Comme toujours, il tenta de se concentrer sur un souvenir. Un seul souvenir, tout simple : une personne, un lieu, un événement, une odeur, un contact... C'était chaque fois inutile, il le savait bien. Les gens qu'il avait secourus, ceux qu'il avait aimés, les choses qu'il avait apprises, accomplies ou empêchées – l'Histoire qui avait été, celle qui ne serait plus –, en cet instant de néant qu'il connaissait trop bien, il sentait tout s'évanouir.

Il lâcha prise.

Et, pendant un infime intervalle de temps, il fut lui-même. Arraché au passé pour une fraction de seconde, suspendu au présent, il fut de nouveau intégralement, totalement lui-même.

Samuel John Beckett. Né le 8 août 1953, à Elk Ridge, dans l'Indiana. Fils de John Barrett et de Thelma Katherine Beckett (nom de jeune fille : Taylor). Frère cadet de Thomas Edward, frère aîné de Katherine Louisa. L'image de leurs visages devant lui, l'écho de leurs voix lui rappelaient les hauts épis d'un maïs encore vert et la douceur odorante de la grange, dans la froidure des matins de janvier.

Il se souvint.

Il se rappelait le matin – il ne devait pas avoir plus de deux ans – où sa mère lui avait dit que Tom partait pour la journée, dans un endroit qui s'appelait la « grandécole » – *Allons, calme-toi, Sam, c'est normal, papa aussi s'en va tous les matins* (pour un endroit appelé les « champs ») *et il revient le soir, tu vois bien ?* Mais Sam avait continué à pleurer à l'idée de ne jamais revoir Tom.

Il se souvenait d'un autre jour : il neigeait tant que Tom n'avait pas pu aller à la « grandécole », ni papa aux champs. En découvrant entre les mains de Sam les livres que mémé Nettie avait envoyés en secret pour Noël, Tom s'était fâché, mais sa colère s'était muée en ébahissement. Un petit jeu de « Et ce mot-là, c'est quoi ? » avait vite conduit à « Depuis combien de temps tu sais lire ? », puis à « Hé, maman, tu devineras jamais ». Pendant quelque temps, tout le monde s'était émerveillé – *et il n'a que deux ans et demi !* –, puis les choses étaient rentrées dans l'ordre, et il avait commencé à recevoir sa part des livres expédiés par mémé Nettie.

Il se souvenait d'une nuit de printemps : le tonnerre avait rugi sans discontinuer, la foudre fendait les cieux et la pluie avait fouetté la maison la nuit entière. Dans la salle de séjour, papa avait dit : *J'ai jamais vu une pareille saleté de tempête dans toute ma chienne de vie, la route est inondée, qu'est-ce qu'il fiche, ce toubib ?* Tom était venu retrouver Sam dans sa chambre et lui avait dit : *T'inquiète pas, Sam, c'est juste un orage, maman va aller mieux, le docteur va plus tarder.* Et en effet, le docteur était arrivé peu après, et le bébé, une petite sœur, aussi.

Il se rappelait l'école. Trop intelligent pour ne pas intimider, trop timide pour être à l'aise. Il avait sauté une classe en milieu d'année, puis une autre, et il se retrouvait maintenant trop petit pour être en sécurité dans la cour de récréation (mais il n'avait eu à affronter qu'une seule bagarre ; Tom y avait veillé).

Le temps d'entrer au lycée, il avait grandi très vite, et cela le rendait gauche. Tom lui avait conseillé de faire du sport ; Sam avait choisi le basket, parce que Tom l'avait lui-même pratiqué. Sur le terrain, l'entraînement avait musclé ses bras et ses jambes trop longs. Sa voix rebelle, il l'avait disciplinée, elle aussi, dans le chœur de l'église, de même que ses mains, en étudiant la guitare et le piano – il se souvenait du sourire éclatant qu'*elle* lui avait adressé quand il avait joué Chopin de mémoire, après une seule lecture de la partition...

Il y avait tant de scènes que sa mémoire photographique lui permettait de revoir ! Et pourtant, maintenant, elle lui jouait des tours.

Il continua de passer ses souvenirs en revue tant

qu'il en était encore capable, gourmand d'informations par nature, et sachant bien que cette exploration de sa propre mémoire ne durerait pas.

La fac – l'Institut de technologie du Massachusetts –, une licence, une maîtrise et un doctorat de physique, tellement vite ! Et tous les autres campus, les autres diplômes, ses autres distinctions, sa maîtrise de... de...

Il ne se souvenait plus.

Non, pas tout de suite... par pitié !

Stanford ? Harvard ? John-Hopkins ? L'université de Californie ? *Où ?*

Sa mémoire commençait à se brouiller. Déjà. Trop tôt.

Les cours, les études, les examens et les laboratoires ; des dissertations, des thèses et des mémoires de doctorat...

Le projet Star Bright...

Le prix Nobel...

On ne pouvait pas le résumer en si peu de chose, réduire l'histoire de sa vie à un cursus académique. Ce n'était pas possible.

Il reprit. *Samuel John Beckett, né le 8 août 1953...* Mais le passé plus récent prenait peu à peu possession de son esprit. Un passé qu'il avait désormais vécu deux fois, une fois normalement, et une autre par fragments, dans la peau des autres.

Il existait en suspens dans une fraction de son propre temps, de sa propre identité. Et tous deux évoluaient, les modifications qu'il avait suscitées l'affectaient personnellement. Ses souvenirs se déformaient sous l'action du temps, qui prenait son ouvrage en compte. Le monde tourbillonnait autour de lui – avait-il donc accompli tant de choses ? Ses souvenirs tournoyaient et se mélangeaient à d'autres souvenirs : des visions fugitives, des sensations, dédoublées de manière incompréhensible. Deux vérités distinctes, des réalités disjointes, superposées l'une sur l'autre, deux images qui se fondaient ensemble pour devenir floues, avant de se clarifier :

... une femme brune et mince en tailleur rose éclaboussé de sang ;

... une petite fille de dix ou douze ans, dont les beaux yeux pleins de sagesse lui rappelaient Katie (mais est-ce que ce visage ne lui évoquait pas le sien, également ?) ;

... une vieille femme indomptable, agenouillée sur la tombe de son époux ;

... une autre petite fille, qui se reprochait de ne pas être le fils que des parents inconsolables avaient perdu ;

... une jeune femme très belle, en tenue blanche d'infirmière militaire (la marine américaine), tenant un bouquet de lis ;

... un vieil homme aux yeux perçants comme ceux d'un aigle, résolu à mourir sur la terre de ses ancêtres.

Son esprit tenta de dresser un catalogue, de tout ranger dans un ordre cohérent. Son cœur voulait comprendre à toute force, être certain que s'était passé ce qui *devait* se passer, que les changements avaient apporté une amélioration.

Rassurez-vous, docteur Beckett. Tout est dans l'ordre des choses.

Le tourbillon lumineux se stabilisa et ses questions s'estompèrent. Sauf l'ultime interrogation. Si tout était dans l'ordre des choses, alors...

Pas encore. Votre foyer vous attend. Mais vous ne rentrez pas tout de suite...

Il hurla intérieurement : QUAND ?

Il n'eut pas de réponse. Il n'en avait jamais eu. Peut-être n'en aurait-il jamais.

Et sa vie lui glissa entre les doigts, l'arc-en-ciel de ses souvenirs fut effacé par une déflagration de lumière pure. Tout disparut : les visages, les voix, les sensations, les actes – jusqu'à son propre nom.

Il lâcha prise.

Et, comme toujours, il s'accrocha à une seule idée. Un point d'ancrage, le résumé de tout ce qui comptait pour lui – de tout ce qu'il était vraiment : rentrer chez lui...

Le temps et la réalité reprirent consistance. Son corps et son cerveau arrêtèrent de lui faire mal.

Et il sentit son bras ployer sous le poids d'un objet lourd que serraient ses doigts. Il cligna des yeux, redressa les épaules.

Ses bras étaient gainés d'une cotte de mailles luisante ; sa main, d'un lourd gant en cuir. Il tenait une longue épée brillante.

Il entendit un bruit sourd : sa mâchoire qui s'était décrochée de stupeur ? Il regarda : il venait de lâcher un objet qu'il tenait sous le bras, un heaume argenté orné d'un plumet vert.

Il abaissa l'épée. La déception (il n'était pas chez lui !) fut balayée par une déferlante de curiosité et un trouble plus intense encore. *Quand ? Où ? Qui ? Pourquoi ?* Le plus urgent, c'était de répondre à ces questions, afin d'éviter les impairs.

Quand, en général, était le plus difficile à déterminer, aussi laissa-t-il le problème de côté pour l'instant. (D'ailleurs, la présence de cette cotte de mailles ne semblait pas un très bon signe.) *Où*, en revanche, se déduisait aisément ; il suffisait de regarder. Ce qu'il fit.

– Ah, bravo !

Autour de lui s'étendait une clairière en pleine forêt, baignée de lumière d'été et de splendeur médiévale. Des gonfanons multicolores, certains unis, d'autres ornés d'armoiries, voletaient dans la brise. Des jongleurs en livrée de bouffon, des ménestrels en pourpoint bicolore, de gentes dames en robe longue, des marchands ambulants vantant leurs denrées, des écuyers portant écus et flamberges, des chevaliers en cotte de mailles – tout dans cette scène sylvestre évoquait invinciblement l'âge d'or de la chevalerie des années 1450. Seul manquait à l'appel un castel au sommet d'une colline.

Sam sursauta en entendant monter un rugissement de derrière les arbres. Des vivats et des encouragements – au moins, il n'avait pas atterri au beau milieu d'une bataille ! songea-t-il avec soulagement, avant de se rendre compte qu'il était ridicule : ces gens paraissaient-ils inquiets le moins du monde ? Ils s'amusaient follement, à l'évidence – à l'exception peut-être du malheureux responsable de la broche sur laquelle rôtissait un bœuf entier.

Il se sentit encore plus ridicule quand un fracas métallique retentit dans son dos. En se retournant, il découvrit un tréteau de bois contre lequel on avait appuyé des lances, des écus et des épées. Et il venait de tout flanquer par terre en sursautant !

Il entreprit de tout ramasser. Soudain, quelqu'un appela : « Messire Perceval ! Messire Perceval d'York ! »

Sam eut une prémonition : ce messire Perceval n'était autre que lui.

Un héraut approcha. On ne pouvait guère se tromper sur son emploi : des rouleaux de parchemin émergeaient de sa tunique mauve comme autant de plumes éparses, une corne de chasse en bronze pendait à sa ceinture et les armes de son suzerain étaient cousues sur le velours de sa poitrine.

– Messire Perceval ! La prochaine joute va vous opposer au seigneur Ranulf.

Le héraut indiqua un chevalier qui s'échauffait en décochant dans le vide des coups d'estoc et de taille avec sa flamberge. Le seigneur Ranulf devait mesurer dans les deux mètres et peser quelque cent dix kilos. Il portait une cotte de mailles brillante. Il semblait capable de broyer un crâne d'une seule main.

Le gaillard donna un coup d'épée dans le vide et

se tourna vers Sam. Leurs regards se croisèrent. Sa Seigneurie sourit.

La gorge sèche, Sam ne trouva qu'une chose à articuler :

– Oh... bravo !

1

Vous savez, je commençais à me dire que j'avais tout fait dans la vie. Euh... « les » vies ! Enfin, disons, presque tout. Je me souvenais d'avoir été pianiste dans un bar, tueur à gages de la Mafia, avocat dans le Sud, animateur de talk-shows, flic – plusieurs fois, me semble-t-il – et j'ai même été enceinte ! « Enceint. » Enfin, plus ou moins...

Mais jamais, au grand jamais, je ne m'étais retrouvé dans une moustiquaire du XVᵉ siècle en mailles d'acier !

Non. Ce n'était certainement pas le XVᵉ siècle, puisque je ne peux me transmuter que dans les limites de ma propre existence.

En tout cas, je l'espère de tout mon cœur, bon sang ! Pourtant, si nous ne sommes pas au XVᵉ siècle, ça y ressemble diablement...

– Messire Perceval ? s'enquit le héraut. Etes-vous prêt à commencer la joute ?

– Euh...

17

Contre cet Himalaya de muscles médiévaux ? Sam avala à nouveau sa salive avec difficulté.

– Euh, je...

Sans paraître s'étonner de ces monosyllabes confus – apparemment, « messire Perceval » devait être par nature aussi peu éloquent que Sam en cet instant –, le héraut hocha la tête et s'éclipsa en réclamant un certain « seigneur Godwyn ». Sam fit un effort pour détourner les yeux de l'impressionnante carrure de Ranulf et se baissa pour ramasser son heaume.

Quelqu'un venait vers lui. Sam vit d'abord une élégante paire de mules en cuir cousu main. Il se redressa lentement. Le reste des jambes était dissimulé sous une ample robe rouge. Celle-ci était serrée à la taille par une ceinture de cuir ornée de motifs complexes, à laquelle pendait une bourse en daim et, dans son fourreau, une dague dont la poignée était ornée d'une chatoyante pierre verte. Surmontant le tout : un corset jaune à lacets –, d'où la généreuse poitrine de la gente dame menaçait de déborder à tout instant.

Sam croisa enfin le regard de la jeune femme : yeux verts et cheveux bruns ondulés sous un hennin blanc. La belle lui souriait.

– Holà, beau sire ! Quelque chose à boire pour vous ragaillardir avant la joute ?

Elle lui tendit une chope aux proportions gargantuesques (deux litres, à vue de nez), fermée par un couvercle en étain. La jeune femme parlait avec un accent irlandais, remarqua distraitement Sam.

A force de jongler avec son épée et son heaume, il finit par les laisser choir. Décidément ! Ou bien il venait de renouer avec sa gaucherie d'adolescent face aux jolies filles, ou le seigneur Perceval était non seulement bègue mais aussi maladroit ! Si cette dernière hypothèse se révélait exacte, le combat contre le seigneur Ranulf s'annonçait encore plus mal.

Plus mal ? Son épée pesait une tonne et il n'avait pas la moindre idée de la façon de se servir d'un tel instrument. *Plus mal* était un doux euphémisme.

Conscient que la jeune femme attendait une réponse, il marmonna :

– Euh... Non, non, merci...

– C'est-y donc que vous voulez garder la tête claire ? Si j'étais vous, preux chevalier, je me régalerais d'une bonne rasade pour amortir la douleur.

Elle indiqua le seigneur Ranulf, qui continuait à faire des moulinets avec son épée.

– Allons, un toast ! Je vous souhaite de survivre pour trinquer avec moi après la bataille ! Ranulf paraît en grande forme, ce matin !

Difficile de nier l'évidence. Sam réprima un frisson en imaginant que son cou pouvait se retrouver sur la trajectoire de l'arme du chevalier : un mètre d'acier poli !

Après un dernier clin d'œil, la jeune femme s'en fut gaiement. Sam ramassa encore une fois son heaume et son épée tombés dans l'herbe. Au moment où il se retournait, l'alignement de boucliers polis lui renvoya l'éclat du soleil – et son propre reflet, déformé par la convexité du métal.

Le seigneur Perceval avait à peu près la même taille que le vrai corps de Sam et pesait dix bons kilos de moins. Le genre intellectuel, la trentaine. On l'imaginait plus facilement en chemise avec des renforts aux coudes qu'en cotte de mailles. Il avait le front passablement dégarni (peut-être une illusion créée par la déformation, mais Sam en doutait) et ses cheveux légèrement frisés, de couleur indéterminée, auraient bien eu besoin d'une bonne coupe. La caractéristique principale de son visage prognathe était un nez qui aurait rendu jaloux un rhinocéros. Seuls des yeux remarquables, d'un ton noisette peu commun piqueté de paillettes vertes et dorées, et frangés de longs cils épais, évitaient au seigneur Perceval d'avoir un look franchement ringard.

Cela dit, il n'avait rien d'un légendaire chevalier errant.

Un chuintement à ses côtés fit sursauter Sam une fois de plus. Al venait d'arriver et émergeait à moitié d'un tronc d'arbre.

– Il était temps, soupira Sam.

Puis il écarquilla les yeux.

– Par les mânes de Giorgio Armani ! Qu'est-ce que c'est que cette tenue ?

Alberto Ernesto Giovanni-Battista Calavicci avait délaissé le blanc sobre et les barrettes de la tenue d'un amiral de la marine américaine en faveur d'un costume qui évoquait invinciblement les plus beaux délires fruitiers de l'actrice Carmen Miranda. Pantalon de satin jaune citron, chemise raisin. Veston mandarine avec revers citron vert. Cravate couleur de mûre écrasée. Mocassins orange.

Sam secoua la tête, sincèrement ébahi. Al n'avait peur de rien. Et faisait preuve d'un bon goût inversement proportionnel à son culot.

De son côté, l'Observateur, ce cher Al, n'accordait pas la moindre attention à Sam. Ses yeux marron, ronds comme des soucoupes, brillaient. Il contemplait le paysage avec une expression de parfaite félicité. Même la fumée de son cigare semblait se tire-bouchonner de pure satisfaction.

Sam se tut et laissa passer un duo de jongleurs, escortés d'un tintement de clochettes et vêtus d'une livrée vert et orange à côté de laquelle la tenue d'Al avait l'air sobre.

– Al ? Où... Non, à quelle époque suis-je ? Al !

– Hmmm ?

– Bon sang, sors de ce tronc d'arbre et réponds-moi !

– Comment ?

Il avança obligeamment d'un pas. Sam regretta presque de le voir émerger – la manche gauche du veston mandarine se terminait par une manchette couleur banane.

– Tu participes à un tournoi médiéval, bien entendu. Sam, tu ne trouves pas ça incroyable ? On se croirait pour de bon dans un livre de contes de fées !

Il savourait littéralement la situation. Dans une

minute, il allait se mettre à déclamer les *Idylles du roi* de Tennyson.

– Un tournoi médié... ? Mais je suis incapable de me transmuter à travers les siècles ! (Il fut saisi d'un accès de panique.) Attends... est-ce que...

Al n'écoutait toujours pas et rêvait tout haut :

– Tu sais, quand j'étais gamin, avec mes copains, on jouait aux Chevaliers de la Table ronde. Gauvain, Galahad, Lancelot... De nos jours, avec leurs ordinateurs, les gamins ne savent plus s'amuser. On attaquait la citadelle... bon, d'accord, ce n'était que le grenier de l'orphelinat, mais avec un brin d'imagination, ça ne manquait pas de gueule. On se livrait des duels acharnés dans les escaliers, des dragons se cachaient au fond du garage, il fallait tirer de gentes damoiselles des griffes de cruels enchanteurs...

Comme invoquée par cette litanie de souvenirs, la jeune femme aux yeux verts passa en ondulant, levant sa chope d'étain à la santé de Sam. Al souriait d'un air absent.

– Al !

Sam agita son épée sous le nez de son équipier. Si Al n'avait pas été un hologramme, il lui aurait tapé sur la tête !

– Parle-moi ! Dis-moi ce qui ne va pas.

Le héraut revenait vers Sam.

– Messire Perceval d'York, pour votre joute contre Ranulf, seigneur des Francs !

Après avoir décoché un regard assassin à l'adresse d'Al – qui ne le remarqua pas, perdu qu'il était dans l'évocation nostalgique de ses jeux d'enfant –, Sam sortit de l'abri du chêne. Il suivit d'un pas de condamné le héraut jusqu'à une barrière qui entourait un espace grand comme un terrain de football. A une extrémité se dressait une tente flanquée de gradins de bois, abritée du soleil par un dais de toile mauve. Une bonne centaine d'hommes, de femmes et d'enfants en tenues médiévales étaient rassemblés autour de deux grands fauteuils, où siégeait un couple coiffé de couronnes. Le seigneur Ranulf était en train de s'incliner devant eux. Sam l'imita et essaya de sourire.

Le héraut prit un air important et s'éclaircit la gorge.

– S'il plaît à Vos Majestés, la joute courtoise opposant Ranulf, seigneur des Francs, à messire Perceval d'York, va maintenant commencer !

Joute courtoise ? songea Sam, saisi d'un espoir. *Est-ce que ça sous-entend qu'il ne va pas m'embrocher ?*

La reine, une charmante Chinoise d'une quarantaine d'années au visage aimable, vêtue d'une robe mauve, la tête ceinte d'un mince bandeau d'argent, se pencha en avant.

– Que la fortune vous sourie à tous deux, preux chevaliers !

– Je remercie Votre Majesté, déclara le seigneur Ranulf.

Supposant qu'on attendait qu'il fasse montre de courtoisie dans les mêmes proportions, Sam renchérit :

– Votre Majesté est fort gracieuse.

Le couple royal sourit. La foule applaudit. Le héraut recula de quelques pas. Et Sam se prépara à recevoir une bonne raclée.

Mais le seigneur Ranulf venait de tourner son attention vers une damoiselle en hennin assise sur un banc auprès de la reine. Elle avait la trentaine, présentait des rondeurs plaisantes – le genre « donzelle du castel au coin de la rue ». Des boucles blondes s'échappaient de sa coiffe pour tomber sur son front. Elle avait des yeux pervenche et un teint de pêche.

Le seigneur Ranulf exécuta une profonde révérence.

– Un gage, je vous en prie, douce dame, pour me conduire à la victoire.

La dame jeta un coup d'œil à Sam.

Un coup d'œil lourd de sens.

Un moment de panique totale n'était pas chose rare en début de transmutation. En particulier quand Al se montrait peu coopératif. Sam resta planté là, se sentant aussi intelligent qu'un géranium en pot. Une sensation qui ne lui était que trop familière.

Visiblement chagrinée par l'absence de réaction de Sam, la dame détourna son regard. Après un instant de réflexion, elle lança au seigneur Ranulf l'écharpe blanche qui drapait ses épaules. Il la porta à ses lèvres et la noua autour de son biceps gauche sous les vivats de la foule. Après une ultime courbette, il se dirigea vers le centre de la lice. Tout cela était exécuté à la perfection, en accord avec les règles du code de la chevalerie, et Sam sentit qu'il passait pour un rustaud sans manières.

Il suivit le seigneur Ranulf d'un pas funèbre. Discrètement, il inspecta du pouce le fil de son épée. Non seulement il ne se trancha pas le doigt, mais la lame ne laissa même pas de trace sur son gantelet de cuir.

– Baisse pas ta garde, lui enjoignit une voix familière. Et n'oublie pas : c'est une véritable épée, elle pèse autrement plus lourd que l'accessoire de scène que tu maniais dans *L'Homme de lu Mancha*.

S'il y avait une chose que Sam détestait particulièrement, c'était entendre Al faire des allusions qui lui échappaient.

– Que je maniais dans quoi ?

– Laisse tomber. Allez, messire Percy, enfile ton casque.

Sam fit passer trois kilos et demi de métal par-dessus ses oreilles. Le frottement contre son front lui fit soupçonner l'origine de la calvitie précoce du valeureux Perceval. Quand il tourna la tête, la grille de la visière retomba avec un claquement métallique et lui masqua le visage, le faisant sursauter.

– Je ne vois rien sous ce casque. Comment veux-tu que je me batte ? Et cette épée ne serait même pas fichue de couper une motte de beurre !

– Tu ne te croyais quand même pas au XVe siècle pour de bon ?

– Quoi ?

Al s'esclaffa :

– *Mais si !* Tu t'es vraiment cru transporté au XVe !

– Mais non, bougonna Sam. Qu'est-ce que tu vas imaginer ?

– Je te dis que si !

– Je te dis que *non* !

– Ha ! Ziggy va être morte de rire quand je vais lui raconter ça !

– Je voudrais bien la voir à ma place, Ziggy, vêtue d'un micro-ondes pendant que le seigneur Ranulf la transforme en chiche-kebab !

– Oh ! calme-toi un peu. Tu as entendu le héraut. Le but des joutes est de démontrer l'habileté des chevaliers, pas de faire couler le sang. Toutes les armes sont émoussées.

Le seigneur Ranulf faisait jouer ses muscles. S'il continuait ainsi à gonfler ses biceps, il allait faire péter sa cotte de mailles.

– Me voilà soulagé, lança Sam, sarcastique.

– Bon, ça reste une épée authentique, poursuivit Al. Simplement, elle n'est pas tranchante. L'important est de savoir si tu es capable de la manier correctement.

Le héraut royal souffla dans sa corne de bronze. Le seigneur Ranulf réagit à ce signal en se ruant sur Sam, comme un tank Sherman dont on aurait remplacé le canon par une épée. Sam n'avait aucune chance ; il ne réussit qu'à agiter son arme de façon désordonnée, tout en essayant d'éviter la flamberge du seigneur Ranulf.

– Apparemment, la réponse est non, commenta Al.

– Allons, montre-moi de quoi tu es capable, encouragea Sa Seigneurie.

– Une bonne épée est bien équilibrée, Sam. Familiarise-toi avec elle, tire parti de son inertie...

– Tu t'entraînes comment ? En tranchant de la saucisse ?

– Vas-y, Sam, fais-lui la peau !

A chaque fois, Sam se demandait quel était le moment le plus exaspérant des transmutations. Les premières minutes, voire les premières heures ? Les prévisions pas toujours fiables qu'on obtenait au compte-gouttes de Ziggy, l'ordinateur caractériel ? Les réponses parcellaires qu'on arrachait à grand-peine à l'amiral italo-américain de service ? Les difficultés pour se souvenir qu'il fallait répondre à un nom qui n'était pas le sien ? Tout ça était facile, comparé à l'art de tenir deux conversations à la fois.

Si l'un de ces deux braillards ne la fermait pas rapidement – Sa Seigneurie ou l'amiral –, Sam allait éclater !

Il lança un coup d'estoc en direction de Ranulf. Al, catastrophé, poussa un gémissement.

– Sam ! C'est pas une raquette de tennis !

– Ou en pratiquant sur un terrain de golf, peut-être ? suggéra Ranulf en accompagnant sa remarque goguenarde d'un coup qui imita sans effort la riposte lamentable de Sam. *Fore !*

– Mets tout ton poids dans la parade, Sam ! Bloque son coup !

Couvert de sueur, de plus en plus agacé, Sam intercepta le coup suivant à la dernière seconde, puis se jeta sur son adversaire comme il avait vu les escrimeurs le faire. Mais les escrimeurs font usage de sabres, de fleurets, de rapières... Enfin, d'ustensiles de ce genre. L'engin que brandissait Sam, tout équilibré et émoussé qu'il soit, pesait cinq bons kilos. Ce qu'un escrimeur accomplissait d'une souple torsion du poignet exigeait de la part de Sam la mise en œuvre de tous les muscles de ses deux bras, épaules comprises, le tout soutenu par l'intégralité des muscles de son dos. Sam transpirait comme un percheron, ses cheveux étaient collés sur son front sous le lourd heaume d'acier, son biceps gauche lui faisait mal à l'endroit où le seigneur Ranulf lui avait administré une solide claque du plat de l'épée, la cotte de mailles lui irritait le cou.

Bref, on aurait difficilement qualifié l'humeur actuelle de Sam Beckett de primesautière.

– Allons, Sam, un peu de finesse !

Le seigneur Ranulf commençait à en rajouter : il tenait son épée d'une seule main et, de l'autre, faisait signe à Sam d'approcher. On entendait un rire métallique résonner sous son heaume. Nouvelles passes de la lame miroitante ; nouveaux conseils de la part d'Al, M. « Je Sais Tout », version holographique.

– Porte ton poids vers l'avant, Sam, glisse-toi sous sa garde... mais non, pas comme ça ! C'est une épée, pas un débouche-évier !

Ça suffit, songea Sam. *Cette fois-ci, il y en a MARRE !*

– Si tu ne la fermes pas... hurla-t-il en brandissant son arme en direction d'Al.

En sa qualité d'hologramme, Al resta profondément indifférent à cette menace. Mais le seigneur Ranulf profita de l'occasion pour administrer à Sam du plat de l'épée une claque sonore en travers de la poitrine. Toute sa cotte de mailles vibra sous le choc.

– *Et voilà !* triompha Sa Seigneurie.

Sam atterrit dans l'herbe.

Le seigneur Ranulf le contemplait, debout, à sa gauche. A sa droite se trouvait Al. Ils secouaient la tête d'un air navré. Ranulf se débarrassa de son heaume et sourit largement.

– Très jolie botte. Il faudra que tu me l'apprennes. Ta maestria a dû éblouir Cynthia, je parie.

Il salua Sam d'un air moqueur et se dirigea vers la tribune royale pour recevoir l'accolade qu'il méritait.

Epuisé et, pour sa part, très modérément satisfait de sa prestation, Sam souleva sa visière et foudroya Al du regard.

– Lamentable, jugea l'amiral, écœuré. Absolument lamentable. Tu n'as donc jamais joué à sauver les damoiselles en détresse, quand tu étais môme ? A la prise du château ? Aux pirates ? Non, je suppose que tu préférais passer ton temps à apprendre par cœur des tables de logarithmes.

Toujours assis, Sam pointa son épée sur le nœud couleur mûre écrasée de la cravate en soie d'Al.

– Contente-toi de me raconter pourquoi ce chevaleresque gorille essaie de me trucider. Si ce n'est pas trop te demander.

Avec un renâclement goguenard et un sourire en biais, Al appuya sur les touches du clavier de son terminal de poche.

– Allez, messire Percy, viens par là. Retournons sous ta tente. Je t'ai connu plus en forme.

2

Bien entendu, Sam n'avait pas la moindre idée de l'emplacement où pouvait se dresser sa tente. Il se contenta de claudiquer et de suivre Al, qui avançait sans hésitation. Après tout, il avait Ziggy pour le guider, lui !

Pour sa part, Sam avait le dos endolori (et les fesses encore plus), la nuque écorchée, les deux bras meurtris et une incommensurable envie d'un long, très long bain chaud. La tente que lui désigna Al d'un geste du bras ne laissait présager pour seule consolation qu'une hypothétique aspirine.

Cependant, il fut rassuré par le confort moderne de l'énorme tente kaki. Non, bien sûr, il ne s'était pas réellement cru transporté au XVe siècle...

Pas question de l'admettre, en tout cas.

La tente du seigneur Perceval était un prodige de luxe, quand on la comparait à certaines de ses voisines : il y avait là des canadiennes remontant à la

Première Guerre mondiale et des dômes style « scout ». On trouvait même quelques toiles jetées négligemment sur des piquets de soutien avec, à l'intérieur, des couvertures pour toute literie. Sam entra dans « sa » tente.

Sur le lit de camp pliant, des draps et un oreiller, plutôt qu'un sac de couchage. Une lanterne était suspendue au piquet central. Une éponge surnageait dans un seau d'eau froide, que Sam fut tenté de se renverser immédiatement sur le crâne. Mais sa cotte de mailles risquait de rouiller, et il resterait emprisonné à l'intérieur.

Un portemanteau de bois, une chaise pliante, des vêtements propres. Sous la table, pliante également, était placé un deuxième siège. Dessus, on avait disposé tout ce qu'il fallait pour se raser et un nécessaire de premiers soins (Sam se rua sur l'aspirine) ainsi qu'une radiocassette. Sam avala un cachet à sec, puis glissa une cassette de musique celtique dans le lecteur, au cas où quelqu'un passerait pendant qu'il faisait le point avec Al. Il s'accroupit ensuite pour inspecter la glacière.

La cotte de mailles sonna harmonieusement, tandis que le craquement du genou gauche de Sam et de son omoplate droite fournissait l'accompagnement de percussions. Il se redressa en se massant les reins. Premier travail : s'extraire de cette abominable geôle monoplace. Il se débattit tandis qu'Al martyrisait son terminal afin d'obtenir de Ziggy le point de la situation.

— Nous sommes le samedi 11 juillet 1987. Tu participes à un tournoi au cours d'un week-end organisé par la Ligue de chevalerie médiévale. Ils se réunissent six fois par an pour faire revivre le romantisme et la vaillance des temps révolus.

Al adopta une attitude altière pour déclamer, comme s'il posait pour une statue de paladin en pied. On aurait dit un nain de jardin.

– Aux jours d'antan, quand les hommes étaient vaillants et que fleurissait la chevalerie...

Sam poussa un grognement sonore, se froissant de nouveaux muscles au cours de sa lutte farouche avec la cotte de mailles. La chose, qui lui descendait au niveau des genoux, était fendue jusqu'au bassin par-devant et par-derrière. Sans doute pour faciliter les chevauchées, encore qu'il n'ait pas vu de chevaux ni reniflé leur présence dans les parages. La situation n'était donc pas complètement désespérée.

– Mais il n'y a pas de fermeture Eclair, sur ce machin ?

Cette idée sembla scandaliser Al.

– Dans les réunions officielles de la Ligue, les costumes et armures sont entièrement conformes aux originaux !

– Quelle merveille ! Et tu connais une méthode pour s'extraire de ce bidule ?

– Si tu attaquais les deux manches à la fois, comme pour un pull-over ?

La manœuvre qu'il venait de suggérer faillit faire passer Sam de vie à trépas, par strangulation.

– Bon, essaie de la relever au-dessus de tes fesses. Comme ça, tu pourras t'asseoir et...

– Contente-toi de me donner le qui, le quoi et le pourquoi, d'accord ? interrompit Sam.

– Oh ! la la ! Quel sale caractère ! Dans la Ligue, on t'appelle Perceval d'York – *New* York, je me hâte de le préciser. Manhattan se situe dans cette direction, à environ une heure et demie de route. (Il fit un geste avec son cigare.) La gente damoiselle est la dame Cyndaria des Carillons – également connue sous le patronyme de Cynthia Mulloy, directrice de collection chez un éditeur new-yorkais.

– La dame comment de quoi ?

– Mais tu écoutes ce que je raconte, Sam ? On doit appeler ces gens-là par leur nom de Ligue. Ils sont très stricts sur ce point : on n'emploie pas son nom de tous les jours. Tu es le seigneur Perceval d'York et elle, c'est la dame Cyndaria des Carillons. Ça y est ? C'est noté ?

– Oui, oui, ça va, c'est noté.

Il avait réussi à faire remonter la cotte vers ses épaules. Poussant à deux mains, il fit basculer le paquet par-dessus sa tête et s'écarta d'un bond. La masse s'écrasa au sol dans un fracas métallique, et s'étala comme un épouvantail d'acier privé de rembourrage.

– Fais donc attention ! protesta Al. Tu vas esquinter le maillage ! Il y a des gens qui ont travaillé un temps fou pour fabriquer ce costume, tu sais.

– Je vois ça d'ici. Une pauvre petite vieille toute chenue, en train de tricoter à côté de sa forge. (Sam se massa vigoureusement la nuque.) Un peu de sérieux, Al.

– Parce que tu crois qu'on achète une cotte de mailles dans n'importe quelle grande surface ? Sam ! Je te répète que tout le monde ici porte des costumes rigoureusement authentiques. Tu sais comment on procédait dans le temps, pour nettoyer ça ? On cousait solidement la cotte à l'intérieur d'un sac de toile empli de sable, de façon à décaper les traces de rouille, et on confiait le sac à des écuyers, qui se le passaient de main en main – comme pour un entraînement de rugby.

L'idée d'exécuter une passe avec un ballon de dix kilos fit sourire Sam. Mais il changea d'expression en découvrant le laçage de sa tunique molletonnée. Une bonne vingtaine de rubans, situés sur son côté droit, et noués tellement serré qu'il fut tenté de les trancher à coups de couteau. Mais il se retint : pas question de détruire les biens de messire Percy, particulièrement quand on songeait que Sam était probablement venu remettre en ordre les décombres de la vie du pauvre type... enfin... Probablement. Peut-être.

– Bon, alors, qu'est-ce que je fiche ici, Al ? Je dois empêcher Cynthia... pardon : dame Cyndaria, d'acheter les droits d'une offense à l'art littéraire ?

– Pas du tout, gros malin. En fait, lundi prochain, elle va rédiger le contrat du best-seller qui lancera sa carrière. Selon Ziggy, elle a dû lire le manuscrit ce week-end.

En hochant la tête, Sam laissa tomber sa tunique par-dessus la cotte de mailles. Restait à se débarrasser de la chemise : du lin blanc, trempé de sueur et paré sur le devant d'une nouvelle série de rubans. Ils n'avaient donc pas inventé les boutonnières, en 1450 ?

– Si ce n'est pas Cynthia, où est le problème ?

Al répondit par un silence total.

Les doigts figés sur un des nœuds, Sam leva un œil vers son ami. A voir la tête qu'il faisait, quelque chose n'allait pas.

– Le seigneur Ranulf, reprit Al, le type qui vient de te flanquer une pâtée à l'épée. Lui, son vrai nom, c'est Roger Francs. Il a gagné son titre dans la Ligue par ses prouesses au cours des joutes. Notre bon messire Perceval aussi, à propos... Et je dois dire, Sam, que sa réputation n'est pas sortie grandie de la bataille de tout à l'heure. (Il claqua de la langue.) Pour commencer, on ne tient pas une épée comme un poulet à qui on veut tordre le cou. Ensuite...

– On s'occupera de ça plus tard, d'accord ? Contente-toi de me dire...

– Pourquoi tu es ici ? O.K. Tout d'abord, il y a dame Cynthia. Au fait elle fabrique des carillons éoliens avec des morceaux de verre de couleur. D'où son nom. On obtient un titre par la vertu de ses talents, de ses prouesses ou de son chant. A chaque réunion de la Ligue, on peut gagner des points en vue d'obtenir un titre de chevalier, de duc... enfin, tu vois le topo.

Al cherchait à gagner du temps. Sam se mâchonnait la lèvre inférieure en tentant de dénouer un énième lacet avec les ongles. Al avait en général d'excellentes raisons de retarder l'inévitable. Sam se résigna et se contenta donc de demander :

– Tu ne m'as pas dit ce que ce Roger faisait dans la vie « de tous les jours ». Videur dans un bar médiéval ?

– Amusant, mais ce n'est pas ça. Il étudie les parties. *Les parties ?* (Une claque sur son terminal qui émit un piaulement de colère électronique.) Oh ! *Particules.* Il étudie les particules.

Il jeta à Sam un regard au travers d'une brume de fumée heureusement illusoire. L'une des rares choses dont Sam se souvînt, c'est que les cigares d'Al empestaient atrocement.

– Et toi, Sam ? Tu ne veux pas savoir qui tu es ?

Stupéfiant. Après dix minutes de tergiversations, Al laissait entendre que c'était *Sam* qui retardait l'échéance ! Sam se jura bien que, s'il rentrait un jour chez lui, il ferait payer à ce cher amiral toutes ces horripilantes mesquineries.

Un jour. Pour le jour d'aujourd'hui, en tout cas, Sam voyait arriver la chute de l'histoire. Et il était certain qu'il n'allait pas la trouver drôle.

– Philip Larkin, annonça Al.

Sous la violence de la réaction de Sam, les derniers lacets furent arrachés. Il enleva sa chemise d'un mouvement brusque et la jeta sur le tapis de la tente.

– Larkin ? Larkin, comme dans *condensateur de Larkin* ?

– Voilà. C'est toi. Enfin, lui. Tu t'en souviens ?

Oh, comme il détestait cette question ! Est-ce qu'il

se souvenait de sa famille, de ses amis, des événements, des chansons, des équations, de sa théorie de la ficelle ? Une partie – ou la totalité – de tout cela pouvait lui être accessible au cours d'une transmutation. Un jour, il parlait couramment espagnol, la fois suivante, il ignorait même ce que signifiait *buenos días* ; tantôt, il était un médecin génial, et tantôt, incapable de couper un ongle incarné sans risquer la gangrène. Il était devenu fataliste, ce qui le protégeait de la frustration, la plupart du temps. Quand une chose lui était vraiment nécessaire, en général, « on » lui permettait de s'en souvenir.

Et dans sa tête, le nom de Philip Larkin brillait avec la clarté d'un néon à Las Vegas.

– Je me rappelle le prix qu'on a dû payer pour pouvoir utiliser son engin. Mais on ne pouvait pas s'en passer. Ce type était un génie de l'électronique, et son condensateur a résolu pour nous une foule de problèmes...

De quel ordre, il n'en était plus très sûr. Une histoire de flux d'énergie, non ? Mais ce dont il était certain, c'est que, sans le condensateur de Larkin, le projet Code Quantum aurait demandé plusieurs années de travaux supplémentaires.

Avec un temps de retard, il remarqua qu'il employait l'imparfait pour parler de Larkin, et se souvint d'autre chose.

– Je ne l'ai jamais rencontré. Il est mort avant que j'apprenne l'existence de son invention.

Al hocha la tête.

– Octobre 1989.

– C'est ça.

– Si tu sais tant de choses, maugréa Al, comment se fait-il que tu aies besoin de Ziggy et de moi ? Vas-y, petit génie, parle-moi du condensateur de Larkin.

Les mots s'écoulèrent automatiquement des lèvres de Sam pendant environ dix secondes.

– Un composant autonome relié à la structure principale de l'accélérateur, capable de réguler et de modifier le flux d'énergie requis, d'une nature variable et intermittente, à partir de... de...

Il connaissait Philip Larkin et son invention, quelle proportion de leurs subventions si durement obtenues avait dû financer l'achat du dispositif patenté au nom de ses ayants droit... mais pas de quelle façon le condensateur agissait au sein de l'accélérateur.

Sam fit la moue et se tourna vers Al qui recula.

– Hé, me regarde pas comme ça ! Larkin et toi, vous étiez les seuls à comprendre ce gadget.

Un piaulement électronique lui fit froncer les sourcils et il se tut pour regarder son terminal.

– Oui, Ziggy. J'ai bien compris, Ziggy. Tout de suite, Ziggy.

Un soupir.

– Elle me tarabuste encore plus que ma quatrième femme – et en plus, avec elle, je n'ai pas la solution de pouvoir divorcer. Elle veut que je te dise que le condensateur de Larkin est une des sources des erreurs. Une des raisons pour lesquelles on n'arrive pas à contrôler tes bonds dans le temps.

Sam commença à arpenter la tente, puis s'assit sur le lit de camp.

– Vu les souvenirs qui me restent des principes du condensateur...

– Je reconnais bien là mon meilleur copain, interrompit Al. Ton prix Nobel de physique ne t'a pas empêché de rester simple et d'avoir une cervelle comme un gruyère !

– Vu les souvenirs qui me restent, répéta Sam d'un ton exaspéré, je serais incapable de dire s'il faut relier le fil bleu à la borne verte, ou s'en servir comme décoration sur un sapin de Noël. Mais si le problème vient du condensateur et qu'on parvienne à le régler...

Quelque chose commença à bouillonner en lui – une chose merveilleuse, effrayante, un mélange d'espoir et d'avertissement. Sam inspira profondément et posa ses mains sur ses genoux pour les empêcher de trembler.

– Larkin est avec toi ? Dans la salle d'attente ?

– Evidemment qu'il est ici... enfin, là-bas. Où veux-tu qu'il soit ?

Sam ne put se contenir. Il se releva d'un bond et essaya de ne pas hurler en expliquant l'évidence.

– C'est lui qui a inventé ce bazar, non ? Alors il peut le remettre en ordre !

Al fronça les sourcils.

– Il n'est pas au top niveau, Sam. Il y a des gens qui ne supportent pas bien la transmutation...

– Eh bien, réveille-le ! Calme-le ! Offre-lui un café, un petit cognac, des sédatifs... Colle-lui un bon coup de pied aux fesses si besoin est, mais mets-le tout de suite au boulot !

– Il y a peut-être une autre solution. Larkin a fait breveter son bidule en 1989... au bout de quatre ans de travaux.

Sam connaissait bien le ton de voix qu'employait l'hologramme. C'était celui qui sous-entendait : « Je viens de te donner un indice capital. » Cela prit un moment, mais Sam finit par comprendre la suggestion et il se mit en devoir de passer la tente au peigne fin. La banquette, les draps, les oreillers ; la table, la sacoche de cassettes ; le sac de vêtements dans un coin ; l'attaché-case sous la table...

Il se figea. Un attaché-case en cuir râpé était appuyé contre un pied de la table, à côté de la glacière. Lentement, il se redressa et annonça à mi-voix :

– Al... C'est comme la fois où je suis revenu à la ferme... quand j'ai revu ma famille... Je me souviens de ce saut dans le temps. Il était pour *moi*. Celui-ci aussi. Al, cette fois, cette transmutation est pour moi.

Al secoua la tête d'un air solennel.

– Non, Sam.

– Comment peux-tu dire ça ? Tu n'en sais rien !

– Mais si. Bon sang, personne n'est mieux placé que moi pour le savoir, vieux !

Sam tourna le dos.

– Je ne veux pas entendre tes théories fumeuses, amiral !

– Si tu ne te souviens de rien, ce n'est pas à moi

de dire quoi que ce soit. Nous en avons déjà discuté... tu ne t'en souviens plus ! Selon Ziggy...

– Ne recommence pas à me citer l'évangile des probabilités selon Ziggy ! Je sais pourquoi je suis ici, Al. Je le *sais*.

– Si j'ai appris une leçon depuis que tout cela a commencé, continua Al d'un ton grave, c'est qu'aucune transmutation ne concerne nos propres vies. Même si on le voulait. Ça ne marche pas comme ça.

Al savait des choses que Sam ignorait. Al se souvenait de tous les sauts dans le temps. Dans leurs moindres détails. Sam ne gardait en tête que des fragments épars. Il n'avait confiance qu'en une seule chose : son instinct.

Il vit ses mains se tendre vers l'attaché-case comme s'il s'était agi du Saint-Graal. Pour lui, c'était peut-être bien le cas.

– Je suis catégorique ! Même si je ne comprends rien à ses notes, tu pourrais les transmettre à Ziggy *via* l'interrogateur. Elle peut travailler dessus, et peut-être...

– Oh, Sam. Tu vas te faire du mal.

– ... Peut-être que je pourrai rentrer chez moi !

3

Roger Francs n'aimait pas l'infiniment petit, que ce soit en physique ou dans tout autre domaine. Il préférait œuvrer sur une plus vaste échelle. Une vue d'ensemble. Grand ensemble, vue spectaculaire, c'était son truc. Voilà pourquoi il était le seigneur Ranulf de *tous* les Francs, plutôt que simplement de ceux du petit village normand dont sa famille était originaire.

Fièrement caparaçonné de cotte de mailles, il serrait dans sa main gantée le gage de sa victoire. C'était un simple disque d'étain martelé, mais il irait prendre place sur ce que le roi Steffan Ier (dont certains ancêtres étaient cherokee) appelait avec un brin d'ironie sa « ceinture de scalps ». Cet objet, une bande de cuir à laquelle les disques étaient attachés par des lanières, était bien en vue devant sa tente. Dans d'autres sociétés du même genre que la Ligue de chevalerie médiévale, d'autres règles prévalaient ; on y comptabilisait autrement les progrès sur les échelons de la noblesse. Roger préférait pour sa part le poids bien matériel de ces disques de métal grands comme la paume. Il éprouvait un orgueil immense à intégrer chaque nouvelle preuve de ses prouesses à sa collection, après chaque tournoi. Il finirait par en posséder assez pour acquérir un duché. Dans deux ou trois ans, il pourrait être candidat aux élections pour la charge de roi.

Et la seule femme dont il ferait jamais sa reine marchait actuellement à ses côtés.

Cynthia était la parfaite damoiselle médiévale : un air tout de réserve et d'élégance, la blondeur d'un rayon de soleil sous son hennin, une engageante beauté. Tout en avançant, Roger se rengorgeait, sachant qu'ils étaient la cible de tous les regards. Ils étaient tellement conformes à la réalité historique qu'on aurait pu les croire descendus d'un ancien vélin enluminé ou d'un vitrail de cathédrale. L'épée sur la hanche, le heaume tenu négligemment du bout des doigts, il était le portrait parfait du noble chevalier escortant sa gente dame au retour du champ d'honneur. Et elle était bel et bien sa dame, du moins pour la soirée. Son écharpe, toujours nouée autour du biceps gauche de Robert, en était la preuve.

– Vous avez eu de la chance, aujourd'hui, fit remarquer Cynthia. D'ordinaire, le seigneur Perceval n'est pas un adversaire aussi facile.

– Manque de forme, je suppose, répondit Roger en haussant les épaules.

Elle avait raison. Mais Roger se souciait peu de savoir pourquoi Phil s'était battu comme un amateur.

– Madame, puis-je me permettre de vous rendre visite plus tard ? Quand je me serai lavé de toute cette crasse, bien entendu.

– Seigneur Ranulf !

Elle battit des cils en le regardant, coquette et

sarcastique à la fois. Au Moyen Age, une vraie dame ne se serait pas montrée aussi... hardie.

— Messire, vous savez très bien ce qu'a dit la reine Elinor au printemps dernier, quand tous les chevaliers se sont baignés nus dans la rivière !

Sa voix laissait transparaître une pointe d'accent, trahissant ses origines du Wyoming : une jeune fille venue d'une petite ville de l'Etat du Grand Ciel, armée d'un diplôme en littérature anglaise de l'université d'Oberlin, et décidée à faire son chemin dans le monde de l'édition new-yorkaise jusqu'à un poste de directrice de collection. Ce léger accent n'avait, lui, rien de médiéval, et Roger devait faire un effort pour ne pas y prêter attention.

— Je maintiens que ces douches mobiles sont un gaspillage, grommela-t-il. Dans ce parc coule une rivière idéale pour la baignade. Et, d'ailleurs, c'est plus conforme à la réalité historique. Des baquets, passe encore, mais ces douches...

— Mais je n'ai jamais dit que notre gracieuse souveraine réprouvait la chose à titre personnel, poursuivit Cynthia, pince-sans-rire. De fait, ce me semble, l'irruption soudaine de la brigade locale des pompiers l'a beaucoup contrariée, et lui a gâché le spectacle !

Au Moyen Age, une vraie dame ne se serait certainement pas permis ce genre de commentaire. Roger faillit rougir. Il passa ses doigts dans ses cheveux humides de transpiration pour se donner une contenance. Il adorait l'exercice que lui procurait une bonne joute, mais le soleil de juillet transformait son armure en fournaise.

Cynthia fit la grimace quand il leva le bras.

– Messire, vous empestez. Filez prendre une bonne douche. Vous ne pourrez approcher ma tente que lorsque vous serez propre... et uniquement si vous avez le fameux manuscrit avec vous.

C'était ce qu'il attendait depuis le début, mais maintenant qu'elle avait mordu à l'hameçon, il éprouvait une certaine réticence à ferrer sa prise.

– C'est que... je ne l'ai encore fait lire à personne. J'aurais aimé avoir une première opinion, mais pas forcément d'une importante directrice de collection.

– Directrice de collection, c'est vrai. Importante, pour cela j'y travaille encore.

Elle cligna de l'œil, *ses cils se refermant avec la grâce d'une aile d'oiseau sur un œil de lapis-lazuli...* Roger prit mentalement note de cette formule pour l'utiliser à l'occasion. Cynthia Mulloy était une source perpétuelle d'inspiration.

– Allons, insista-t-elle. Tu m'en parles depuis des mois ! Si tu as sérieusement l'intention de le faire publier, il faut le soumettre au jugement d'un professionnel.

Il rechignait encore.

– Je ne suis même pas sûr que la ponctuation soit correcte.

Elle poussa un soupir.

– Je promets de ne pas te le rendre baignant dans l'encre rouge.

– Dans ce cas...

– Dans ce cas ?

– Si tu es vraiment sûre...

– Je suis vraiment sûre.

Quand elle riait – *un son aussi mélodieux que le chant de ses carillons sur le souffle de la brise,* nota-t-il en son for intérieur –, elle redevenait la dame Cyndaria, et il était sous le charme.

– Allons, messire Ranulf. Il vous messied de tant tergiverser ! Courage !

Il exécuta pour elle une révérence dont la reine de France se fût sentie honorée. En réponse, Cynthia s'inclina, la traîne de son hennin flottant délicatement au léger vent d'été, et il se retrouva instantanément transporté au Moyen Age. Son âme en gonfla d'aise.

– Avec votre permission, madame, prononça Roger (usant du léger accent français qu'il affectait parfois). J'exécuterai vos ordres sans faillir.

– En avant, beau sire ! En avant !

Encore une fois, elle brisa l'illusion en lui administrant une légère bourrade. Mais il ne s'en plaignit pas. Tandis qu'elle se dirigeait vers sa tente, le puissant seigneur Ranulf des Francs eut beaucoup de peine à réprimer un cri de joie.

Dans l'attaché-case de Philip Larkin se trouvaient les derniers numéros de dix revues techniques, des factures de téléphone, des journaux d'informatique, la photocopie d'un article sur la bataille de Crécy, une généalogie du seigneur Percy, aussi minutieuse que fictive, la maquette d'un blason pour le susdit, peinturlurée de couleurs criardes, et d'autres documents que Sam trouva sans intérêt.

– Je me disais bien que tu te souviendrais de Philip Larkin, fit Al. Mais tu ne sais pas qui est Roger !

– Tu ne vas pas tarder à me l'apprendre, je parie.

– Roger Francs a écrit le best-seller le plus osé, le plus sexy, le plus sulfureux, le plus indécent, le plus *scandaleux* de 1989. *Le Jugement du fléau*. Il s'est vendu par tombereaux entiers. Le film était tellement chaud qu'à la caisse, en même temps que leur billet, on fournissait un extincteur aux gens qui entraient.

Sam grogna.

– Roger ? A le voir, on a du mal à imaginer qu'il soit même capable de rédiger son courrier tout seul. Et depuis quand un savant spécialisé dans la théorie des particules écrit-il des pornos soft ?

– Mais que veux-tu que j'en sache ? Et ce n'est pas un porno soft. Bon, d'accord, c'est plutôt salé, mais la reconstitution historique ne manque pas de qualités. Les critiques ont reconnu que la documentation du bouquin était très bien faite, et qu'on y apprenait pas mal de choses sur les croisades et la vie au Moyen Age.

– Le Moyen Age, ricana Sam. Le millénaire des sans-baignoire.

– Ils étaient probablement plus propres que toi en ce moment. Heureusement que tu n'es qu'un hologramme. Tu dois embaumer l'écurie.

Sam se risqua à renifler. Al n'avait pas tort. Est-ce

qu'on prenait des douches, au XVᵉ siècle ? Soyons sérieux : on se trouvait dans un terrain de camping, dans un parc fédéral. Il devait bien y avoir des douches quelque part ! L'idée de litres d'eau chaude cascadant sur ses épaules endolories lui parut irrésistible.

– Roger a amassé un fric monstrueux et, de surcroît, a épousé sa directrice de collection.

Et voilà – encore ce *ton* de voix ! Sam décida d'ignorer Al et de se concentrer sur l'attaché-case.

– Sa directrice de collection était une blonde aux yeux bleus.

– Oui, oui...

– Il a épousé Cynthia, niquedouille !

Sam feuilleta un exemplaire du bulletin trimestriel de la Ligue.

– Je leur souhaite beaucoup de bonheur.

– Elle a divorcé après la mort de Philip.

L'attention de Sam fut instantanément captée.

– Hein ?

Al, heureux d'avoir réussi à le faire réagir, tira voluptueusement une bouffée de son cigare avant de reprendre :

– Quand elle s'est mariée avec Roger, Philip s'est jeté à corps perdu dans ses recherches. Tu vois le genre : grand bosseur, pas marrant... Ça te rappelle quelqu'un ?

– Absolument personne !

– Hmpf.

Au bout de quelques instants passés à ruminer, Sam demanda :

– Et Philip est mort comment ?

– Eh bien, après avoir quitté la Ligue, il s'est découvert un nouveau hobby : l'alcool. En octobre 1989, le lendemain du jour où il a fait enregistrer son condensateur au bureau des brevets, il est allé dans un bar, s'est méticuleusement beurré et a terminé sa carrière en percutant un poteau électrique avec sa bagnole.

Sam se mordit la lèvre.

– Et Cynthia se l'est reproché ?

– Vraisemblablement. Roger aussi, je pense. Il n'a plus jamais écrit.

Après avoir rapidement consulté son terminal, Al ajouta :

– Il a vécu de ses droits d'auteur et des *royalties* du film jusqu'en 1994, époque à laquelle le scandale des caisses d'épargne l'a laissé sur la paille. Maintenant, il est employé aux statistiques à Kalamazoo. (Al frémit.) Bon sang, je préférerais me retrouver...

– A Philadelphie ! compléta Sam en se demandant d'où venait cette réplique familière.

Pour une fois, Al se montra secourable.

– Cher W. C. Fields, en tant que cinéphile, je vous remercie pour cette citation !

– Dois-je comprendre que Kalamazoo est une de ces rares escales où aucun cœur ne t'attend ?

Al poussa un soupir de martyr.

– Pourquoi faut-il que tu oublies toujours tout, sauf les détails qui me sont désagréables ?

Lui adressant un sourire vengeur, Sam écarta des magazines et continua à examiner les papiers.

– Ziggy est à peu près certaine que tu es ici pour tirer Cynthia des griffes de Roger. D'après ce que j'ai pu constater durant la joute, la belle dame pencherait plutôt pour Phil. Mais il est trop empoté, il ne se déclarera jamais. Il te suffira donc de lui faire un brin de cour jusqu'à ce qu'elle comprenne et...

– Et de dénicher entre-temps les notes de Philip sur le condensateur.

Al ne dit rien, c'était inutile. Sam poursuivit :

– Je suis parfaitement capable de tout faire à la fois, bon sang ! C'est une occasion en or, Al ! Je peux passer ces paperasses au peigne fin, fouiller son bureau et son appartement si nécessaire...

– Et Cynthia ?

– J'attaquerai en douceur, répondit-il, et je ne lui déclarerai pas ma flamme tant que je n'aurai pas trouvé ce que je cherche.

– Tu sais bien que les choses ne fonctionnent pas de cette façon.

– Arrête de répéter ça.

– Et s'il se produit quelque chose qui précipite les événements ? Ça va arriver, Sam. Ça arrive toujours.

Sam ferma les yeux. Au bout d'un moment, il demanda :

– Si je les réunis et qu'ils se marient, Philip vivra, non ?

– D'après Ziggy, c'est garanti à cent pour cent.

– Et Roger ?

– Quoi, Roger ?

Regardant à nouveau son partenaire, Sam précisa :

– Est-ce qu'il écrira d'autres livres ? La mort de Philip et le divorce ont dû lui porter des coups sévères.

– Oh ! Tu suggères une panne d'inspiration provoquée par la culpabilité ? Je ne possède pas de statistiques là-dessus, mais je suppose qu'il continuera à écrire, si rien n'arrive à Philip.

Sam inspira profondément, longuement.

– Et le condensateur ?

– Reconnais qu'avec une lune de miel en compagnie de Cynthia, Phil aura probablement la tête ailleurs... (Al s'interrompit :) Je n'aime pas beaucoup ce à quoi tu penses, Sam.

– Tu ne sais pas ce à quoi je pense !

– Ah, non ?

– Non.

– Alors, regarde-moi dans les yeux.

Avec un grand effort, Sam y parvint.

– Et maintenant, ordonna Al, dis-moi que tu n'as pas pensé que si Philip ne s'enterre pas dans ses recherches, s'il vit heureux et a beaucoup d'enfants avec Cynthia, il n'inventera pas le condensateur utilisé pour le projet Code Quantum.

– Je n'y avais même pas pensé.

– Sam, quand comprendras-tu que tu ne sauras jamais me mentir ?

La situation devenait intenable. Sam éprouva le besoin de changer de sujet. Il sortit la glacière de sous la table. Des boissons gazeuses, des bières (il en décapsula une instantanément pour avaler une goulée), du fromage, des barres de chocolat, un salami – et une énorme enveloppe emballée dans du plastique. Il la regarda un instant, puis posa sa canette et dégagea le paquet de la glace. Environ huit cents pages de papier format courant se trouvaient dans le plastique, enveloppées de papier kraft et de Scotch.

– Qu'est-ce que c'est ?

– Un rapport, on dirait.

Sam était trop excité pour lire le texte, il se contenta de le feuilleter.

– Un exposé de ses théories, peut-être. Mais je ne vois pas de croquis.

– Philip n'a laissé aucune note derrière lui. Ça a toujours été le gros problème. Tu en devenais fou. J'ai dû obtenir de nouvelles subventions pour qu'on achète un second exemplaire de son invention. Tu l'as démonté afin de voir ce qu'il avait dans le ventre. A ce propos, Tina te signale que tu n'as toujours pas rangé les mille morceaux qui encombrent la paillasse du labo.

Sam n'écoutait plus. Son regard s'était fixé sur un paragraphe. Il le lut à haute voix, stupéfait :

Quand il contempla pour la première fois son gracieux minois, ses mèches soyeuses que dorait le soleil, ses lèvres en pétales de rose, l'orbe de ses yeux lumineux comme deux saphirs, il sut avec joie, avec gratitude, qu'il était désormais l'éternel féal de la gente et puissante dame Alix de Courteney, pour laquelle il occirait des armées entières de Maures perfides, pour laquelle il périrait s'il fallait périr, répétant son nom jusqu'à son dernier souffle : Alix, Alix...

Al poussa un cri de dégoût.

– Que c'est mauvais ! s'exclama Sam. C'est même encore pire que ça !

L'amiral s'ébroua pour émerger de sa torpeur littéraire.

– On est loin de la physique quantique. Tu as bien dit « l'orbe de ses yeux » ?

– C'est un manuscrit, expliqua Sam qui n'arrivait pas à y croire. Un manuscrit de roman. Un manuscrit de roman *nul*.

– Ça, j'avais compris, merci. Ce que j'aimerais savoir, par contre, c'est ce qu'est un *féal*.

– Comment veux-tu que je le sache ?

Sam jeta le manuscrit sur la table, avec la sensation d'avoir été bassement trahi.

– J'ai connu une Alix, une fois... Non, deux...

Al s'interrompit en voyant le regard assassin que lui décochait Sam.

– Un de ces jours, il faudra que tu t'intéresses à la culture populaire, reprit l'amiral. La noble dame Alix de Courteney se trouve être l'héroïne du bouquin de Roger. Mais que fiche le manuscrit du *Jugement du fléau* dans les affaires de Philip ?

Sam baissa les yeux vers la page de garde, qui portait le titre et le nom écrits dessus.

– Je crois que c'est parce qu'il en est l'auteur.

4

Une fois, dans le passé (quel passé ? Aucune importance : Al s'en souvenait clairement, et cela seul comptait), Thelma Beckett était venue au Nouveau-Mexique rendre visite à son fils cadet. Elle vivait désormais à Hawaii, dans un appartement proche de chez Katie et de sa famille. Quelques années après le décès de son époux, Thelma avait vendu la ferme de l'Indiana à des parents du côté Beckett, de façon à la garder dans la famille. Mais elle n'y était jamais revenue.

— J'aurais pu rester là-bas, avait-elle confié à Al tard dans la nuit, devant un cognac. Mais la maison était déjà grande quand Katie y vivait seule avec moi. Alors une fois que j'ai été seule...

Al hocha la tête. Il comprenait l'allusion à la fugue désastreuse de Katie, à dix-sept ans. Le nom du détestable Chuck était tabou chez les Beckett depuis que Katie et lui avaient divorcé.

— Bien entendu, je n'aurais jamais pu conserver la ferme aussi longtemps si Ralph, Suzie et leurs deux garçons n'étaient pas venus vivre avec nous dès l'été suivant. Leur vendre la propriété m'a semblé la solution la plus naturelle.

— Il valait mieux que ce soit eux, plutôt que la grosse compagnie dont m'a parlé Sam.

— On ne doit pas être uniquement motivé par l'argent. Je croyais avoir appris ça à Sam, mais dans ses lettres il me parle sans arrêt du prix de ceci, du coût de cela. Il se plaint sans trêve de l'avarice des commissions de Washington.

– C'est pour le projet, Mrs Beckett.

– Je croyais vous avoir dit de m'appeler par mon prénom !

Il répondit à son sourire et s'inclina galamment devant elle – un effort qui relevait de l'exploit, quand on considérait qu'il était assis.

– La convenance a ses exigences inviolables, madame.

Les yeux de Thelma Beckett pétillèrent.

– Albert Calavicci ! Je bois votre cognac, je suis installée dans vos quartiers, il est minuit passé – et je suis assez âgée pour être votre mère. Et vous venez encore me parler de convenances ?

– Tina est d'un naturel jaloux. Encore un peu de cognac ?

Ils discutèrent un moment de Hawaii, du changement que cela représentait par rapport à l'Indiana, et du dépaysement radical qu'elle avait éprouvé en découvrant le Nouveau-Mexique. Enfin, ils abordèrent le sujet qu'ils avaient en tête dès le début : Sam.

– Mais pourquoi s'est-il lancé là-dedans, Albert ? s'enquit Thelma. Quand on voit ce qu'il aurait pu faire, avec tous ses dons, tous ses diplômes... pourquoi vouloir voyager dans le temps ?

– Parce que personne ne l'a encore fait.

Al se hâta d'ajouter :

– Pas par prétention. Il ne cherche pas à être le premier pour faire passer son nom et son œuvre à la postérité. C'est... de la curiosité, c'est tout.

– Non, Al. Il a des motivations plus profondes. Je connais mon fils, c'est moi qui l'ai mis au monde, qui l'ai mouché et qui lui ai donné des fessées. Je sais comment son cœur fonctionne, même si je ne comprends rien à son travail.

Elle marqua une pause, un sourire rêveur passa sur ses lèvres.

– John et moi n'avons jamais compris comment de simples paysans comme nous avions pu donner naissance à un vrai génie. Sam aurait dû naître dans une famille de grands penseurs, ou au moins chez des gens riches, qui auraient pu répondre à tous ses besoins...

– Pas du tout, Thelma, ça aurait été la pire chose qui pouvait lui arriver. Rien n'aurait pu remplacer l'éducation qu'il a reçue chez vous.

Elle eut un petit mouvement d'épaules. Quand elle reprit la parole, sa voix s'était adoucie.

– Et le passé, Albert ? Est-ce le destin qui a décrété comment devraient se dérouler les choses ? Oh ! je sais ce qui pousse Sam. Il veut découvrir quand le cours de l'Histoire a commencé à aller de travers. Mais qui peut dire s'il est vraiment allé de travers ?

Al soupira.

– Sam en est persuadé. Je ne suis pas sûr de ne pas partager un peu son opinion. Enfin, regardez les gens. Certains sont des perdants avant même d'être nés ! Ça me révolte. Ça arrive aussi à des pays entiers. Je crois que Sam veut découvrir pourquoi l'Histoire a emprunté certaines voies, afin d'éviter que certains événements ne se reproduisent. La vieille maxime bien connue : les gens qui ne retiennent pas les leçons de l'Histoire sont condamnés à les répéter.

– Condamnés.

– Il veut explorer les dessous des « Et si... ? ». Et si les Alliés avaient bombardé les voies ferrées qui menaient aux camps de concentration, par exemple ? Moins de Juifs seraient morts, c'est un fait établi. Pourquoi n'a-t-on pas agi ? Sam ne trouvera pas la réponse à cette question précise, évidemment, puisqu'il ne pourra voyager que dans les limites de sa propre existence.

– C'est ça, sa théorie ? (Elle sourit à nouveau en le voyant froncer les sourcils.) Oh, je ne remets pas en cause les équations de Sam, Albert ! Mais je me demande s'il a pris toutes les variables en considération. Avez-vous jamais envisagé, l'un ou l'autre, ce que Dieu pourrait penser de tous ces bonds dans le temps ? (Elle s'arrêta, fit une grimace.) Allons bon, écoutez-moi ! Me voilà en train de traiter le Tout-Puissant de « variable » !

Al y réfléchit. Einstein avait affirmé que Dieu ne jouait pas aux dés, mais comment intégrer l'Etre suprême dans des équations de physique quantique ? Il chercha maladroitement une réponse.

Mais Thelma Beckett était revenue à leur sujet de conversation.

– Ainsi, Sam s'intéresse aux grands événements ? Savoir par exemple ce qui se serait passé si le président Kennedy et sa femme avaient eu une voiture blindée à Dallas... (Un soupir, un hochement de tête.) Vous savez ce que je pense ? Sam étudie les particules subatomiques depuis si longtemps qu'il a fini par oublier ce qu'elles composent.

– Je ne suis pas sûr de bien comprendre ce que vous voulez dire, fit Al.

– Non, bien entendu, rétorqua-t-elle. Vous ne valez pas mieux que lui ! Sam sait tout ce qu'il faut savoir sur ces éléments minuscules auxquels personne ne pense. Mais les gens sont comme les particules, ils sont des millions, et la plupart vivent des existences discrètes. Les seuls livres dans lesquels leur nom apparaîtra seront les registres d'état civil : rubriques *Naissances*, *Mariages* et *Décès*.

– Et *Divorces*, ajouta Al en se renfrognant (l'épouse numéro cinq discutait de nouveau les termes de l'accord).

– C'est un autre sujet – et n'espérez pas échapper à une bonne discussion sur le sujet avant mon départ, Albert Calavicci.

– Bien, m'dame, répondit-il avec fatalisme. Vous parliez de Sam et des particules subatomiques...

– Comment se comportent-elles ? Si j'ai bien compris, elles s'assemblent pour créer des choses.

– Comme les gens se réunissent pour former des sociétés ?

– Exactement.

Elle posa son verre vide.

Al faisait des efforts pour suivre le fil de la pensée de la chère dame – avec les Beckett, cela devenait pour lui une habitude. Il dit :

– Alors, vous voulez dire que ce ne sont pas les grands événements qui déterminent l'Histoire ? Que ce sont les gens de la société où ces événements se passent ?

Elle pencha la tête sur le côté, et Al entrevit soudain la jeune fille qui – à entendre Sam raconter l'histoire – avait fait la conquête de John Beckett la première fois qu'il avait posé les yeux sur elle.

– Si on le pousse, un rocher roulera au bas d'une colline, répondit-elle. Mais encore faut-il qu'il y ait un rocher et une colline.

C'est ainsi que pour la première fois – un an avant la découverte qui avait conduit aux bonds désordonnés de Sam dans le temps – Al avait entendu la théorie selon laquelle l'Histoire ne se limitait pas à ceux qu'on appelle les Grands. Les anonymes, les oubliés, les discrets et les négligeables : voilà avec quel matériau se bâtissaient réellement les événements.

Avec des mots tout simples, Thelma Beckett avait exprimé la notion que l'Histoire est orientée par des tendances inévitables et selon des directions inexorables. Si Torquemada n'avait jamais existé, un individu comparable aurait pris sa place ; des milliers de gens auraient fini sur le bûcher, indépendamment de l'identité que portait le titulaire du poste de Grand Inquisiteur. Si Jules César était mort-né, un homme de sa trempe aurait bénéficié du vide ainsi créé au plus haut échelon ; Rome y aurait perdu son inimitable génie militaire, mais elle aurait quand même poursuivi son expansion.

On pouvait appliquer au génie individuel la même théorie. Dans n'importe quel contexte sociopolitique, Beethoven aurait été compositeur, Michel-Ange, sculpteur et peintre (enfin, peintre, peut-être pas, quand on se rappelle ses réticences à peindre le plafond de la Sixtine), Edison, inventeur, et les Beatles un groupe de rock. Bon sang, prenez Sam Beckett : si la physique quantique n'avait jamais existé, il aurait quand même laissé sa trace en ce monde, d'une façon ou d'une autre. Le véritable génie doit s'exprimer, s'il ne veut pas se consumer dans ses propres flammes.

Changer l'Histoire – ou modifier le futur en se fondant sur les leçons de l'Histoire – était par conséquent une entreprise vouée à l'échec : si on pouvait discerner les tendances et les orientations, leur ampleur empêchait qu'on puisse agir sur elles. Al avait lu tous les volumes de la série d'Isaac Asimov, *Fondation*. Il les adorait, mais il n'imaginait pas Sam en train de jouer les Hari Seldon et d'inventer sa propre version de la psychohistoire afin de prédire les tendances, de tenter de les canaliser ou même de les modérer.

A quoi servirait donc le projet Code Quantum ? Sam était convaincu que ce serait une source de connaissances qui permettrait de comprendre les racines du passé, de façon à ne pas rééditer les mêmes erreurs dans le futur. Mais, après cette conversation avec Thelma, Al avait eu des doutes. Quand Sam avait commencé ses bonds incontrôlés dans le temps, ses doutes s'étaient changés en certitude : Mrs Beckett avait vu juste.

On ne peut pas changer le monde entier. Mais on peut l'améliorer par petits bouts, ici et là, une vie à la fois.

Parfois, Sam arrivait à modifier le cours des choses... mais, cette fois-ci, Al le voyait mal parti.

Quand il éprouvait une contrariété, Sam avait besoin de bouger. A l'intérieur, il faisait les cent pas. A l'extérieur, il courait ! Toute l'énergie négative née de ses colères, ses troubles, ses craintes ou ses frustrations, semblait refluer le long de son corps jusqu'au niveau de ses talons. Il fallait qu'il coure, sinon il explosait !

Al expliquait cette manie de Sam de deux façons différentes. D'abord, son cerveau au Q.I. prodigieux fonctionnait en temps normal plus vite que le reste du monde, et Sam demandait peut-être à ses pieds de suivre le rythme. Ou alors il cherchait à piétiner littéralement ses soucis pour les enterrer.

Aujourd'hui, Sam avait opté pour une traversée du terrain de camping à grandes foulées. Au bout d'un moment, quand Sam commença à ralentir l'allure, Al se positionna en face de lui, en travers du chemin qui conduisait dans le bois.

– D'après le Dr Beeks, c'est une pratique assez courante chez vous, les savants fous, commença-t-il sur un ton délibérément futile. Il vous faut une activité pour servir de soupape, quelque chose de complètement étranger à vos recherches. Richard Feynman tambourinait sur des tam-tams. Einstein jouait du violon. Eh bien, Philip Larkin compose des pornos soft. De *mauvais* pornos soft, mais c'est peut-être un pléonasme. Et toi, je suppose que tu ne te souviens pas de ton petit violon d'Ingres ?

Sam s'arrêta et le considéra d'un œil circonspect.

— Je... je joue du piano, de la guitare... Et je chante un peu...

Ça marche ! songea Al en réprimant un sourire. Il joua du cigare à la façon de Groucho Marx pour demander d'une voix chargée de sous-entendus suggestifs :

— Et si je prononce le mot *hula*, ça te rappelle quelque chose ?

— Al !

— Tina t'a toujours trouvé adorable en sarong. Mais je reste son préféré, bien entendu, conclut-il en prenant une pose avantageuse.

Sam éclata de rire, et une partie de sa tension s'évanouit d'un coup.

— J'ai eu peur que tu ne me parles de minijupe en feuilles de palmier et de soutien-gorge en noix de coco.

— Y a bien eu la fois où Gushie et moi t'avons soûlé au *mai tai*...

— Vous avez essayé ! s'esclaffa Sam. Mais je suis allergique au rhum.

— Et à l'hydromel aussi, j'espère.

Le visage de Sam resta sans expression. Al poursuivit :

– Tu vas en boire, durant le banquet de ce soir. C'est du miel fermenté. C'est le Jack Daniel's du XVe siècle, c'est nerveux, comme boisson !

Sam fit la moue.

– Pas question que je participe à ce banquet.

– Il le faut. Tu as deux tâches à accomplir ici, mais rabibocher Philip et Cynthia reste l'objectif numéro un.

– L'objectif numéro un pour qui ? Pour eux, pour moi ou pour Ziggy ?

Sam n'attendit pas la réponse. Il avançait rapidement sur le chemin forestier malgré ses bottes qui lui montaient jusqu'aux genoux.

Al apparut de nouveau devant Sam. Il espérait que son ami ne passerait pas à travers lui. Il avait beau être un hologramme, on n'ignorait pas si facilement une présence comme la sienne ! Il ne se trompait pas. Sam s'arrêta, l'air furax.

– Pour tout le monde, répondit Al à la dernière question de son ami.

Sam donna un coup de pied dans un gros caillou, l'envoyant ricocher contre une racine d'arbre.

– Ça fait si longtemps, Al, marmonna-t-il. De temps en temps, j'entrevois une lueur d'espoir, une vision de chez moi. Il y a des choses dont je me souviens. Des visages, des sentiments... Pas exactement ce que j'ai fait, juste des fragments de ce qui s'est passé, mais... Je sais seulement qu'on m'attend chez moi, des gens que j'aime... même si leurs noms m'échappent.

Al l'avait déjà entendu dire la même chose. La

solitude, l'amertume, le mal du pays... Comment aurait-on pu le lui reprocher ? Déjà quatre ans de cette vie dans la peau des autres. Quatre ans qu'il n'était plus lui-même, qu'il vivait des épisodes de la vie d'autrui, qu'il remettait des existences en ordre... alors qu'il lui était interdit de vivre une vie personnelle.

Mais cette fois-ci, la tristesse de Sam avait des causes plus profondes. Il allait avoir besoin d'un *traitement de choc*, se dit Al, frissonnant intérieurement en employant ce terme. Le pire moment, le plus cruel que Sam ait enduré, s'était passé dans un établissement psychiatrique, après un traitement de choc bien réel qui avait failli le tuer.

Vas-y, Sam ! Dis-leur... ou tu ne me reverras jamais !

Al chassa ce souvenir, puis y revint de nouveau à la recherche d'une idée qui obligerait Sam à agir.

— On dirait que ça t'amuse, de pleurnicher sur ton sort, fit-il d'une voix sèche.

— Ce n'est pas ça, répliqua Sam en clignant des yeux.

— Ça y ressemble bien, pourtant.

— Absolument pas ! J'essaie seulement de comprendre pour quelles raisons de telles choses se produisent. Pourquoi je me transmute dans la peau de gens qui touchent ma vie de près. J'ai cru un moment que c'était pour me récompenser d'avoir bien rempli mes missions.

— Ça n'est pas exclu, Sam.

— Ben voyons.

La pointe de sa botte propulsa une nouvelle pierre, qui passa à travers la rotule d'Al. Délibérément ? Al préféra ne pas y penser.

– Où veux-tu en venir ? lança-t-il.

– Où ? A dire que j'ai réfléchi. Je suis parfois un peu lent à la détente, mais je ne suis pas idiot. On me fait miroiter une possibilité de retour, comme on agite une carotte sous le nez d'une pauvre bourrique pour la faire avancer.

C'était encore pire qu'Al ne le craignait. Sam faisait une dépression ! Un bon choc ne suffirait pas ; pas question de pratiquer une cruauté thérapeutique délibérée. Al en était incapable quand Sam avait cette tête et qu'il disait ce genre de choses.

– Qu'est-ce qui se passe, Al ? poursuivit Sam, dont la colère montait. C'est grâce à la bienveillance de Dieu que je me retrouve dans des situations où j'aurais peut-être une chance d'améliorer ma situation ? Ou est-ce que c'est juste un accident ? Tiens, au fait, pendant que tu rafistoles l'existence d'Untel, tu pourras revoir ton père...

– Tu te souviens de ces transmutations ? De celles où tu as rencontré des gens que tu connaissais déjà ?

Sam haussa les épaules et reprit son chemin.

– Un peu. Juste assez pour avoir envie de continuer. Pour que je garde espoir. Et c'est pour cette raison que ça arrive. C'est simplement...

Il leva les bras au ciel et s'écria soudain :

– Je n'en peux plus, Al ! Est-ce que tu réalises à quel point je suis fatigué de tout ça ? J'ai envie de rentrer chez moi. Et je commence à me dire que la personne ou la chose qui me balade d'époque en époque ne me laissera jamais rentrer. Jamais.

Soudain, une jeune femme rousse, mince, à la démarche de prédateur, se matérialisa au sein d'un arc-en-ciel. De la poche de sa tunique en soie cramoisie – une copie d'Yves Saint Laurent – elle tira un petit parallélépipède compliqué qui émit des bips étranges.

– Tu es fatigué, Sam, c'est tout, tu l'as dit toi-même. Ça va s'arranger.

– Ah oui ? Et quand ?

(La rousse jeta un coup d'œil circulaire, surprise, puis elle avança les lèvres et siffla en connaisseuse lorsqu'elle aperçut Sam Beckett.

– Tiens, tiens ! Ne serait-ce pas notre délicieux gaillard en personne ? Lothos ? Dans le mille !)

Al poursuivit comme si de rien n'était :

– Le projet Code Quantum est le rêve de ta vie, Sam. Et tu es en plein dedans, tu es en train de le vivre – tu sais combien de gens arrivent à réaliser leurs rêves ?

– Et je me réveille quand ? Quand est-ce que je vais pouvoir me lever du lit pour voir mon propre reflet dans un miroir ? Bon Dieu, Al, j'ai presque oublié à quoi je ressemble !

(La femme s'approcha, guillerette, et examina Sam.

– Mmmm... un mètre quatre-vingt-cinq à peu de chose près, quatre-vingts kilos environ, répartis de façon idéale – mais à combien de temps remonte ta dernière visite chez le coiffeur, beau masque ?

Elle tourna autour de Sam et, ce faisant, traversa un arbrisseau comme s'il n'existait pas.

– Je dois dire que tes goûts vestimentaires se sont améliorés depuis que nous nous sommes rencontrés, fit-elle. Ou plutôt, que nous ne nous sommes pas rencontrés, ce que je déplore. Quelle petite gâtée, cette Alia ! J'approuve entièrement cette chemise de poète. Et t'ai-je déjà confié l'effet que les bottes en cuir noir ont sur ma tension artérielle ?)

– Et si je finis par rentrer chez moi ? demandait Sam. Que se passera-t-il ? J'expédie quelqu'un d'autre dans l'accélérateur ? Impossible. Je m'y refuse. Je sais ce que c'est, je connais les tentations qui accompagnent chaque saut...

– Tu ne laisseras personne d'autre y aller parce que tu n'as confiance qu'en toi-même pour bien faire le travail, c'est ça ? (Al grimaça de colère.) Voilà une attitude bien arrogante, si tu veux mon avis.

(– En pleine discussion à cœur ouvert avec ton petit copain hologramme ? demanda la femme à Sam. Dommage que je ne puisse pas entendre ses arguments. Mais toi, toi... tu me fascines littéralement. Vas-y, mon chou, continue.)

– Mais qui a dit que j'avais des motifs de fierté ? Qui dit que pour toutes les situations que j'ai remises en ordre, il n'y en a pas autant qui ont déraillé à cause de moi ?

(– Nous faisons de notre mieux, murmura-t-elle d'une voix soyeuse. Enfin, je suppose que, pour toi, c'est pas le pied. Simple question de point de vue.)

– Même en ce cas, argumenta Al, est-ce que tu ne penses pas que tu te transmuterais à nouveau pour...

– La foi aveugle, pour moi, c'est fini, Al. J'ai confiance en moi et en toi, point final.

– Je devrais me sentir flatté ?

Al jeta son cigare par terre et l'écrasa d'un coup de talon. A l'instant où il quitta sa main, le mégot holographique disparut pour Sam. Al s'acharna férocement dessus. Un authentique havane, à dix dollars l'unité, et il était tellement furieux qu'il en avait gaspillé la moitié. Tout ça par la faute de Sam. Al aurait aimé pouvoir l'agripper par les épaules pour le secouer.

– Admettons que tu rentres chez toi, grinça-t-il. Tu refuses que quelqu'un d'autre pénètre dans l'accélérateur. Alors, tu fais quoi ? Hein ? Tu pars en vacances ? Un mois sur la plage de Maui ? Tu retournes visiter Paris...

Il allait ajouter « en compagnie de Donna ». Elle l'aurait tué, s'il avait commis une telle gaffe.

– Je n'en sais rien ! s'écria Sam. Mais j'aimerais avoir le choix, pour changer ! Ça fait combien de temps que je n'ai pas eu mon mot à dire sur ma destination, ou sur mes actes ? J'en ai marre !

(– Pauvre petit bébé d'amour ! roucoula la femme.)

– Alors, que se passera-t-il quand tu rentreras de tes petits congés ? insista Al. Tu repars dans l'accélérateur et on recommence de zéro ? Ou tu fais fermer tout le projet ?

Sam battit en retraite, comme l'espérait Al. Le trouble, la douleur se lisaient sur son visage.

– Je ne... je ne sais pas, hésita Sam. Je n'ai pas bien songé à ce que je ferais dans ce cas. Mais tu ne comprends donc pas qu'on ne me permettra pas de le découvrir par moi-même, justement ? Je ne rentrerai jamais chez moi, Al. Quoi que j'accomplisse pour Philip, Cynthia, Roger et leur roman à quatre sous, quoi qu'il se passe ou ne se passe pas, ça n'aura aucune importance. Je peux remplir ma mission et remettre les choses en ordre... Ça ne changera rien. Je ne rentrerai jamais chez moi. *Jamais !*

Cette fois, il se mit à courir à toutes jambes. Al le laissa partir et le regarda disparaître derrière la butte, entre les arbres, avant de marmonner :

– Ziggy, sors-moi de là, en quatrième vitesse.

(La femme écarta largement les bras, et éclata de rire :

– Pauvre chou ! Alors, on a le mal du pays ? On trouve trop lourd son rôle de dépanneur cosmique ? Et moi qui te prenais pour un héros ! Ton cas n'est peut-être pas désespéré, après tout.

Elle frappa d'un doigt le boîtier qu'elle avait en main.

– Ne pleure plus, mon ange. Tantine Zoey et cousine Alia vont *tout* arranger.)

5

Sam passa la plus grande partie de son après-midi assis sur un rocher.

Il aurait dû aller auprès de Cynthia, il en était conscient, mais il n'avait que trop rarement l'occasion d'être un peu seul. De plus, vu son humeur, il n'aurait pas tenu de façon très convaincante son rôle de chevalier transi d'amour.

Il resta donc assis, perdu dans ses pensées. Au bout d'un moment, il cessa de ruminer. Au-dessus du murmure du vent dans les arbres, glissaient les nuages. Les bois sentaient la sauge et le pin. La caresse du soleil apaisait les tiraillements de ses muscles. Il oublia tout, quelques instants.

Il finit par redescendre la colline pour regagner le camp médiéval. Après la joute et sa course dans la poussière de la colline, il n'avait plus besoin d'une douche, mais d'un décrassage à la lance d'incendie !

Le sac de Philip Larkin contenait un peignoir en éponge et des sandales de plastique jaune. Ces objets sous le bras, Sam, armé de son sac de toilette, rejoignit la file d'attente qui menait à dix cabines en plastique vert, évoquant de façon troublante des W.-C. mobiles.

Son rêve s'effondra. L'eau chaude était épuisée. Un peu plus tôt dans la journée, Sam ne s'en serait pas soucié. Mais lorsqu'il ressortit de la douche, le soleil était couché et le vent soufflait. Secoué de frissons, il regagna sa tente en se répétant que le froid était souverain pour le traitement des courbatures.

Le sac contenait également les vêtements « ordinaires » de Philip (avec l'inévitable protection dans la poche contre les fuites de stylo, très à la mode chez les intellectuels, en ces années-là), préparés pour le retour en voiture vers New York, ainsi qu'une tenue follement romantique pour le banquet du soir. Avec une grimace, Sam enfila docilement la chemise de lin blanc, la tunique sans manches en velours armorié de motifs variés, rouge bordeaux et vert feuillage, une ceinture de cuir noir avec une dague. Il déclara par contre forfait en découvrant le haut-de-chausses et les poulaines de velours, dont la nuance de jaune aurait été qualifiée par Al de *citron* et par Sam, d'*atroce*. Il se contenterait d'un pantalon beige et des bottes noires qu'il portait cet après-midi. Il peigna une dernière fois ses cheveux humides et souffla la lampe à pétrole.

Ainsi armé pour une nouvelle rencontre avec Roger/Ranulf, il suivit le mouvement général de la foule en direction de l'aire de pique-nique.

C'est le terme qu'on aurait pu employer pour définir l'endroit au XXᵉ siècle, mais un enchanteur bienveillant l'avait métamorphosé en salle de banquet médiéval à ciel ouvert, dont la capacité approchait les deux cents convives. Sam s'arrêta sous un arbre et ne put s'empêcher de sourire. Il comprit soudain ce qui faisait rêver les membres de la Ligue de chevalerie médiévale.

La « salle » était délimitée par des chênes et des

châtaigniers centenaires, qui formaient une voûte de feuillage au-dessus d'une trentaine de tables arrangées en U. Pendues aux branches, des guirlandes de Noël. Sur les tables drapées de nappes pourpres, brillaient des chandelles protégées par des verres décorés de nids de fleurs et de feuilles tressées. Des chopes, des gobelets, des cornes luisaient de reflets argentés rehaussés par le feu des joyaux. Qu'importe si les joyaux étaient en toc, songea Sam, si les assiettes étaient en carton et les couverts en plastique. Avec leurs robes aux grands décolletés, leur profusion de colliers, leurs pourpoints de velours, leurs manières de cour et leur énorme envie de s'amuser, ces gens – ces rêveurs – voyageaient dans le temps autant que Sam, à leur façon.

Et ils y prenaient nettement plus de plaisir ! Un enthousiasme contagieux. Un page conduisit Sam – le seigneur Perceval – jusqu'à un fauteuil proche de la grande table où siégeaient le roi, la reine et leur cour. Il n'avait pas un rang aussi élevé pour se mêler à eux, mais il méritait quand même de ne pas être relégué au-delà du sel. Aux temps féodaux, dans les banquets, l'emplacement du sel sur la table concrétisait la ligne de démarcation entre nobles et manants. La tradition était ici respectée à la lettre ; les gens placés à l'extrémité des branches du U envoyaient régulièrement quelqu'un en amont pour emprunter quelques pincées de sel aux seigneurs.

A intervalles réguliers, le héraut appelait un ou plusieurs noms, et des baladins s'avançaient entre les branches du U. Jongleurs et mimes, danseurs et troubadours jouant de tous les instruments, du luth jusqu'aux minicymbales, et un barde qui scandait des poèmes épiques (et ressemblait de façon frappante à l'idée que Sam se faisait de Falstaff) venaient distraire les convives. En voyant les objets décernés aux artistes par certains nobles, Sam comprit que les applaudissements qui saluaient les divers numéros étaient accompagnés d'une attribution de points.

En attaquant les succulentes tranches de bœuf et les pommes de terre grillées, Sam commença à se rasséréner. Il bavarda avec le digne chevalier d'âge mûr à sa gauche, et avec la noble dame plus jeune qui était à sa droite – quand cette dernière n'était pas occupée à tancer son jeune adolescent de fils pour qu'il finisse les légumes de son assiette.

Sam était à mi-repas quand deux damoiselles vinrent s'asseoir en face de lui, assiettes et gobelets pleins. La plus grande, aux yeux bruns et portant des lunettes, était bardée d'or et de pourpre. Son hennin se parait d'une traîne de gaze qui mesurait un bon mètre. Sa compagne, à la tenue moins extravagante, mais tout aussi exotique (une jeune Coréenne en robe de cour à la française), arrangea ses jupes gris perle et adressa à son amie une moue obstinée.

– Mel Gibson, un point, c'est tout !

– Ben voyons. Je vois d'ici le titre : *Mad Max et ses joyeux compagnons*. Mais non, ils vont choisir un véritable Anglais. Je ne sais pas, Gabriel Byrne...

– Sally... (avec une patience infinie) ... il est irlandais.

– Je m'en fiche, il est craquant.

Sally tira la dague qu'elle portait à sa ceinture et commença à découper ses pommes de terre.

– Tout ce que j'en sais, c'est par mon ami, celui qui a décroché un job chez Industrial Light and Magic. Il sort avec une fille dont la cousine travaille pour le studio qui a le scénario en chantier. Ils ne se préoccuperont pas du casting avant au moins un an ou deux. Ne t'inquiète pas, Jen, on a tout le temps de se chamailler sur l'acteur le plus approprié pour le rôle.

– Mel Gibson, insista Jen.

– Gabriel Byrne. Ou Michael Praed, peut-être, ou bien...

– *Mel Gibson !*

– Euh... En fait, ce sera Kevin Costner, glissa Sam.

– Hein ? s'exclamèrent les deux damoiselles.

– Le film sur Robin des Bois. J'ai, euh... comme un pressentiment.

– Kevin Costner ? répéta Jen en écarquillant les yeux. Kevin *Costner*, le plus beau petit cul de Hollywood ?

– Vous avez entendu des rumeurs ? intervint Sally. Vous avez une source bien informée ? Et lady Marianne, ça sera qui ? Et le shérif ?

– C'était juste une idée comme ça, s'excusa Sam.

– Kevin Costner, répéta Jen, songeuse. Je trouve ça plutôt bien.

– Mais il est californien ! gémit Sally.

– Ma mère aussi. Et alors ?

– Mais c'est idiot. Pourquoi pas Michael J. Fox dans le rôle de Lestat le vampire ?

Après un instant de réflexion, Sam jugea plus sage de ne pas divulguer le nom de l'acteur qui tiendrait finalement le rôle de Lestat dans *Entretien avec un vampire*.

Une servante blonde – en tablier, pieds nus, serrant contre elle deux énormes pichets de vin – fit halte en passant près de lui.

– Hé, Phil... euh, messire Perceval, j'veux dire... Je t'ai trouvé un article sur le type du M.I.T. qui s'occupe de physique quantique. Tu sais, celui qui a cette théorie bizarroïde sur les voyages dans le temps ? Je passerai par ta tente avant de partir, demain.

La bouche remplie d'hydromel, Sam réussit à opiner du chef. En juillet 1987, il n'avait pas encore trente-quatre ans, et les journaux adoraient parler de lui : le petit génie, le surdoué, l'Einstein élevé dans une ferme. Ces articles étaient en sa faveur avant qu'il ne décroche le Nobel. Et après qu'il l'eut remporté, la presse l'avait dévoré tout cru, accompagné d'un peu de mayonnaise et d'un vague vin de pays.

La lecture de cette coupure de presse aurait peut-être un charme morbide. Mais à quoi bon ? Il oublierait tout lors de son prochain bond dans le temps.

A l'instant précis où il se refusait à céder de nouveau à la dépression, un ménestrel équipé d'une mandoline s'approcha de la grande table. L'outrance de sa révérence et de son salut avec son chapeau arracha un grognement à Sally.

– Bonté divine ! Il ne va pas encore nous jouer *Greensleeves*, pitié !

– Il n'osera pas, gronda le chevalier à côté de Sam. C'est Larry, mais quand même... il n'oserait jamais.

– A vos boules Quies, tout le monde ! conseilla Sally, résignée.

– Pas de panique, lui répliqua Jen. Notre bonne reine Elinore va lui demander de chanter *Lorsque revient le bel été*, notre bon roi Steffan le Sourdingue va comprendre « cocu » au lieu de « coucou », et Larry va se retrouver en disgrâce. Encore une fois...

Le rire de Sally envahit tout son visage rond et à lunettes.

– Il couche toujours avec Charlene ?

– Il s'imagine qu'il va rendre Cynthia jalouse. Comme si elle regardait quelqu'un, à part...

– Chhhut !

Sam, se remémorant en même temps que les deux donzelles qu'il était censé être la cible de l'intérêt de Cynthia, piqua du nez dans son assiette.

A propos de Cynthia... où était-elle donc ? Avec tous ces hennins, impossible de la repérer. Une inspection plus pointue – sans jeu de mots – lui apprit que Roger était absent. Il se leva de table et bredouilla une excuse à laquelle personne ne fit attention.

Roger, superbement vêtu de velours orange, une énorme croix celtique en sautoir, fit tinter d'une chiquenaude le verre coloré d'un carillon éolien. L'instant d'après, Cynthia écarta un pan de la tente et lui adressa un sourire.

– Bien le bonsoir, messire ! La nuit n'est-elle pas splendide ?

Il la contempla. Dans cette robe bleue brodée de roses blanches, elle était délicieuse. Elle avait délaissé son hennin pour laisser cascader ses cheveux blonds sur ses épaules. Elle portait une calotte en fils d'argent, d'où pendaient des perles de cristal, sur son front et ses pommettes.

– Voilà donc le grand roman des âges farouches.

Arraché à sa rêverie (et songeant, avec une pointe de perfidie, qu'elle était parfaite tant qu'elle se taisait), il baissa les yeux vers la grosse enveloppe de papier kraft qu'il tenait sous le bras.

– Euh... oui, je suppose.

– Eh bien, donne-moi ça.

Incapable de résister, il tendit l'enveloppe. Cynthia la soupesa pour juger.

– Grand Dieu, elle pèse bien huit kilos !

– C'est trop ? demanda-t-il, inquiet. Il faudra beaucoup couper ?

Elle fit une moue.

– L'idée qu'un seul mot de ta prose immortelle soit retranché te serait-elle insupportable ? Vous êtes tous les mêmes quand vous publiez votre premier roman.

Il eut le bon goût de rougir.

– Tu... tu es sûre que tu veux le lire ? C'est assez maladroit, à peine un premier jet.

– Et c'est pour cette raison, messire Ranulf, que le bon Dieu a créé des directrices de collection géniales et sous-payées. (Elle décacheta l'enveloppe.) Où est Philip ? Il a disparu, après la joute.

– Il doit bouder sous sa tente, répondit Roger en haussant les épaules. J'ai franchi sa garde, ce matin. Il a horreur de ça.

Devant l'expression sceptique de Cynthia, il ajouta :

– Il s'en remettra. Je le connais depuis des années. Il réagit toujours comme ça quand il perd une joute.

– Si tu le dis...

Mais elle n'était pas encore persuadée. Il dut serrer les dents pour se retenir de crier : *Oublie Philip une seconde ! Intéresse-toi au bouquin !* Avec une maîtrise de soi que le héros de son ouvrage aurait pu lui envier, il demanda :

– Tu peux juger tout de suite si c'est publiable ?

– Je peux te dire si c'est quelque chose que je pourrai rendre publiable au prix de quelques remaniements. (Un sourire.) La plume est plus puissante que l'épée, Roger, surtout entre les mains d'une correctrice !

Un rire nerveux échappa au colosse.

– C'est une menace ou une mise en garde ?

Avec un clin d'œil, Cynthia disparut sous sa tente.

– Tu vas le lire tout de suite ? Je veux dire... le banquet vient à peine de commencer, je m'étais dit que nous pourrions y siéger tous les deux, et...

– Je vais juste me faire une idée générale. On y voit plus clair à l'intérieur. Ça nous fera un sujet de conversation pendant que nous mangerons le pudding à la graisse.

– Oh, non ! C'est encore Tim et Hannah qui ont la charge des provendes royales ? Qui a été raconter à cette bonne femme qu'elle savait faire la cuisine ?

– Tim, bien entendu. Il n'a pas le choix, il l'a épousée ! Eh bien ? Tu entres, oui ou non ?

A n'importe quel autre moment, il aurait accepté sur-le-champ.

– Je crois que je vais patienter dehors.

Cynthia secoua la tête d'un air moqueur. La lueur de la lanterne alluma des arcs-en-ciel désordonnés dans les cristaux de sa calotte.

– La terreur des lices, incapable de supporter la vue d'une dame qui lit un roman ! Et si tu allais chercher Philip ? Je n'aime pas vous voir fâchés.

Elle disparut dans les profondeurs de la tente bleue.

Philip, encore une fois, songea Roger en poussant un soupir – mais elle allait lire des extraits du roman. Elle tenait entre ses mains le sort de Roger, littéralement – et même *littérairement*. Que ferait son héros, le comte de Saint-Junien, en attendant le verdict de dame Alix ? Certes, il ne l'avait jamais tellement laissée prendre de décisions : c'était un puissant seigneur et elle n'était que la fille d'un vague nobliau – belle mais désargentée...

Sam se rendit jusqu'à la tente de Cynthia ; il marmonnait, faisait de grands gestes, secouait la tête.

– Cynthia, tu n'as probablement rien remarqué, mais... essaya-t-il.

Une grimace.

– Non, elle n'est pas idiote. Et puis, rien qu'à sa façon de le regarder ce matin...

Avec un soupir déchirant, il essaya une autre approche :

– Cynthia. Je n'en ai pas parlé plus tôt parce que... Hmmm... Bonne question, ça : pourquoi ? Ne va pas te fourvoyer dans des explications. Reste le seigneur Perceval. Galant, chevaleresque, brave, fougueux...

Une main sur le cœur, singeant l'attitude des petits Américains qui récitent le serment d'allégeance au drapeau, il déclama :

– Cynthia, ma douce amie ! Je t'aime !

– Y a encore du travail, Sam, jugea Al dans son dos. Et si tu lui plaçais ta fameuse phrase sur la beauté de ses orbes ?

Sam sursauta violemment.

Il n'avait pas vu apparaître Al. Cet idiot d'amiral profitait parfois de son avantage technologique pour le surprendre.

– Combien de fois t'ai-je déjà dit...

– ... de ne pas faire ça ? termina Al à sa place.

Jolie tenue, dis donc ! Mais on porte des collants, avec ce genre de tunique, Sam.

– Hors de question.

Par habitude, il regarda par-dessus son épaule si quelqu'un pouvait les entendre – du moins l'entendre *lui*, puisque Al était un hologramme visible seulement par lui-même.

– J'ai lu le livre un peu plus avant, Al... enfin, ce que j'ai pu en supporter. Alix de Courteney, c'est Cynthia, de toute évidence. Les yeux bleus, les cheveux blonds... elle fabrique même un carillon éolien avec des morceaux de verre abandonnés après la construction d'une cathédrale locale, quand son amant la quitte pour partir aux croisades.

– Et alors ? Cynthia est adorable en hennin. Elle fait un modèle idéal pour un personnage de fiction.

– Devine un peu qui est son amant ?

– Tu veux dire... non ! Quand même pas Philip ? Le comte de Saint-Junien est un grand malabar, tout en muscles et fort en gueule... (Il s'arrêta net.) Oh ! Je vois : notre Philip fantasme.

– Et mon fantasme, à moi, tu le connais ? Une fois, une seule, j'aimerais me transmuter *après* que le type eut déclaré sa flamme éternelle. Pourquoi tout le monde a-t-il du mal à se déclarer ? Trois petits mots ridiculement courts. Ça n'est quand même pas si difficile !

Al marchait à ses côtés.

– Ce n'est pas de dire *je t'aime*, Sam, qui est difficile. C'est d'être sincère. Si j'avais compris ça quel-

ques années plus tôt, je me serais épargné trois –
non, quatre – pensions alimentaires.

Après un instant d'hésitation, Sam risqua :

– A ce propos, je peux te poser une question ?

– Tout ce que tu veux, tant que ça ne concerne
pas le montant exact, c'est mauvais pour ma tension
artérielle.

– Non, pas à propos de tes pensions. A propos de
tes femmes. Pourquoi a-t-il fallu que tu les épouses
toutes ? (Il coula un regard en biais à son partenaire.) Ce n'est pas comme si tu y avais été obligé.

– Je suis un des derniers grands romantiques !
Vas-y, fiche-toi de moi. Mais c'est la pure vérité.
J'adore les mariages. La musique, les bouquets, la
robe en dentelle, le champagne...

– La nuit de noces ? suggéra Sam avec un sourire.

– Ça aussi.

Les yeux bruns pétillèrent de malice, à l'évocation
de quelques souvenirs.

– Tu adores les mariages mais tu ne supportes pas
la vie conjugale, je me trompe ?

– Dans les grandes lignes, c'est ça.

Sam faillit suggérer à Al qu'il pouvait satisfaire sa
passion des mariages en traînant dans n'importe
quelle église, le samedi. Mais il se ravisa. Al, le dernier romantique, devait croire sincèrement, chaque
fois que sa future ex-femme descendait l'allée centrale de la nef, que ce coup-ci l'histoire d'amour
allait durer.

Pourquoi l'amour posait-il tant de problèmes aux
gens ? Philip, par exemple, n'arrivait à approcher

Cynthia que par le truchement d'un roman écrit avec les pieds.

– Al ?

– Ouais ?

– Le roman est vraiment nul. Comment peut-on publier une telle abomination ?

– Je présume que Cynthia est plus douée pour raccommoder les manuscrits que Philip pour les écrire. Je te garantis qu'une fois sur deux, quand je lis un roman, je me demande comment des éditeurs ont pu dépenser de l'argent pour ça.

Ils restèrent silencieux et firent quelques pas.

– Ce que j'ai dit tout à l'heure... quand je parlais de rentrer chez moi...

Al lui facilita les choses.

– Personne ne peut te reprocher d'avoir ce genre de pensées, mon gars. Evite de basculer d'un extrême à l'autre et de faire un complexe de culpabilité. C'est arrivé, c'est fini. On oublie tout. Tu veux réviser ta tirade sur ma-douce-Cynthia. Oups, trop tard, voilà Roger.

Sam aperçut le rival de Philip, appuyé contre un arbre. Serrant les dents, résolu à conquérir la dame des pensées de Philip, Sam avança résolument. A cet instant précis, Cynthia émergea de sa tente et Roger se redressa. Sam se coula dans l'ombre.

– J'en reste sans voix, annonça Cynthia. Sans voix.

– Oh ! bon sang, balbutia Roger, affolé. J'en étais sûr, c'est mauvais... C'est encore pire que ça, c'est une catastrophe. Tu détestes.

Cynthia le considéra d'un œil pensif.

– Bon, d'accord, c'est un premier jet. Il y a pas mal de travail à faire. Je ne suis pas très emballée par le début du chapitre 3 et quand Saint-Junien envoie le roi sur les roses, la justification est faiblarde.

– Al ! siffla Sam. Il lui a montré le roman !

– Brillante déduction, mon cher Watson.

– Mais comment s'en est-il procuré un exemplaire ?

– Comment veux-tu que je le sache ? Ferme-la et écoute.

– L'un dans l'autre, et d'un point de vue strictement professionnel, poursuivit Cynthia... (Soudain, elle lui adressa un sourire étincelant, avant d'éclater de rire.) Rog, c'est de l'or en barre !

– Tu veux dire que... (Les genoux du terrible seigneur Ranulf s'entrechoquaient.) Tu p... plaisantes ?

– Jamais quand un manuscrit intéressant est en jeu, répondit-elle sur un ton peu amène. Quand j'étais lectrice, je suis une fois restée deux ans sans dénicher un seul manuscrit vaguement lisible ! Tu as une idée des tonnes de crottin qu'il faut se farcir avant de tomber sur un bon poney ? Et là, on tient un pur-sang potentiel... et une bonne chance de remporter le Derby d'Epsom !

– Tu... tu vas publier mon roman ?

– Quand j'aurai corrigé tous ses défauts, tu peux me croire, on va le publier. Mais il faut changer le titre. Même en y collant la couverture la plus racoleuse du monde, avec un titre comme *Les Chevaliers de l'honneur*, on ne va jamais en vendre plus de cinq exemplaires. (Un instant de réflexion.) Il faudra me faire penser à vérifier si ce beau blond musclé... comment s'appelle-t-il ? Fabio !... ne serait pas prêt à servir de modèle pour le comte. Il plaît, et ça n'est sûrement qu'un début. Bon, bref, il nous faut un titre plus accrocheur. Parce que si tu poursuis les relations entre le comte et dame Alix jusqu'au point que j'imagine...

Roger commençait à recouvrer son calme et il saisit l'occasion pour attaquer.

— J'envisage quelque chose d'assez chaud, fit-il en se rapprochant d'elle.

Al avança d'un pas serein pour mieux observer la technique déployée par Roger.

— Sans sombrer dans la vulgarité, approuva Cynthia.

— Evocateur, susurra Roger.

— Mais élégant, ronronna Cynthia en battant des cils d'une façon très « Scarlett O'Hara ».

Al la contempla de plus près, dans les ombres du crépuscule.

— Allons, poussinette, murmura-t-il. Tu ne vas quand même pas donner dans ce panneau ?

Difficile de confondre Roger et Rhett Butler.

— Des nuits dérobées dans une salle de la tour...

— La lune luisant sur les douves...

— Je crois qu'ils vont me flanquer la nausée, annonça Al.

Ses lèvres à quelques centimètres de l'oreille de Cynthia, Roger souffla :

– Un ménestrel chantant des ballades galantes sous un balcon...

Ils s'embrassèrent. Les yeux de Cynthia s'écarquillèrent comme si elle n'avait pas imaginé un tel degré de compétence – ou qu'elle n'eût pas imaginé y prendre un tel plaisir. Elle recula d'un pas et, avec un petit rire forcé, déclara :

– Restons sérieux, Rog, je cherche un titre, pas une banalité mille fois ressassée.

Roger se ratatina comme un ballon piqué par une épingle. Al poussa un cri admiratif. Sam sourit en son for intérieur ; sous ses apparences de frêle donzelle, Cynthia Mulloy restait un pur produit du XXe siècle, jusqu'à la pointe de son stylo de correctrice. Il faillit ressentir un peu de commisération pour Roger.

– Et alors ? aboya Al. Fonce et va faire valoir tes droits, messire Percy ! Pense à ton honneur ! Pense à ta chevalerie ! Pense à tes droits d'auteur !

– Pense à t'écarter de mon chemin, suggéra Sam.

Al renifla et frappa sur les touches de son terminal. Un rectangle de lumière apparut et avala l'amiral.

S'avançant dans la lumière, Sam lança :

– Pourquoi pas *Le Jugement du fléau* ? Tu m'as volé le reste, Roger, il ne faut pas s'arrêter en si bon chemin ! Vole-moi le titre, aussi.

Cynthia laissa échapper un petit cri de surprise – de culpabilité ?

– Philip ? Qu'est-ce que...

– Allez, Roger. Vas-y, dis-lui qui est le véritable auteur de ce qu'elle vient de lire.

Roger le regarda du haut de ses deux mètres.

– Moi. Et tu le sais très bien, Phil !

Sam avança d'un pas menaçant, une décision qu'on pouvait sans hésiter qualifier de téméraire quand on prenait en compte la taille respective des deux hommes.

– Avoue la vérité.

– Mais c'est la vérité ! insista Roger sans bouger d'un pouce.

C'est Cynthia qui recula d'un pas, réellement inquiète de ce qu'elle lisait dans les yeux des deux rivaux.

– Minute, je ne comprends plus très bien. Qui a écrit ce livre ?

– Moi, répondirent-ils simultanément.

Puis ils échangèrent des regards furibonds et tentèrent de se faire entendre en même temps.

– Alix de Courteney est juste un nom que j'ai utilisé... Je n'ai pas trouvé d'autre moyen de te dire mes sentiments pour...

– J'espérais que tu te reconnaîtrais dans la description, pour comprendre ce que je ressentais...

Elle siffla avec deux doigts, geste qui seyait fort peu à une dame de haut lignage.

– Arrêtez tout de suite ! Taisez-vous immédiatement !

Ils suivirent cet excellent conseil, en se jetant des regards meurtriers.

– Alix, c'est moi ? Vous m'avez mise dans votre livre ?

– Oui, entonnèrent-ils en chœur.

Cynthia frémit.

– Laissons ça de côté pour l'instant, nous en rediscuterons plus tard. Roger, tu m'as affirmé que j'étais la seule personne à qui tu as montré ce manuscrit.

– Et c'est vrai.

– Alors comment se fait-il que Philip connaisse le nom de l'héroïne ?

– Il a dû voler le manuscrit dans ma tente et le lire en douce. Il savait que je l'écrivais...

– C'est lui qui l'a volé dans ma tente, intervint Sam. Si on y va tout de suite, on s'apercevra qu'il n'y est plus. Parce qu'il n'est plus là-bas, il est ici.

L'explication était incohérente, Sam s'en rendait compte, aussi reprit-il depuis le début :

– Ecoute-moi, je sais que ça paraît invraisemblable, mais il faut me croire, Cynthia. Est-ce que je pourrais inventer une histoire pareille ?

– Totalement invraisemblable, confirma-t-elle. Je ne sais plus quoi penser. La seule certitude, c'est que j'ai sous ma tente un roman dont je peux faire à coup sûr un immense best-seller. La question qui se pose est de savoir qui l'a écrit.

Se détournant légèrement pour que Roger ne voie pas son visage, elle posa discrètement la main sur le bras de Sam. Il déchiffra instantanément le message dans ses yeux : elle lui avait adressé un regard très semblable juste avant la joute. Elle espérait un signe de sa part, une preuve.

Comme ce matin, Sam se retrouva sans voix. Il écarta des lèvres sèches en espérant qu'un miracle se produirait pour lui venir en aide.

Et il se produisit effectivement quelque chose. Mais ce fut Cynthia qui en fut affectée. De façon soudaine, incroyable, elle changea, la métamorphose progressant par rapides impulsions lumineuses.

Et elle devint Alia !

6

Alia !

C'était bien elle. Alors que la main de Cynthia était douce et légère, les doigts d'Alia s'enfonçaient avec énergie dans les muscles du bras de Sam. La calotte en argent et cristal de Cynthia avait surmonté une crinière de cheveux dorés ; elle reposait maintenant sur les cheveux pâles d'Alia, coiffés à la garçonne. Le saphir des yeux avait pâli, les pommettes étaient plus hautes, et la robe brodée de roses drapait une silhouette plus grande, plus mince.

Sam la fixa, interdit et muet.

Elle sourit. Ses lèvres pleines s'arquèrent avec une innocence naturelle, tandis que ses yeux pétillaient d'une malveillance rouée. Son murmure était doux et moqueur, réservé au seul Sam.

– Eh bien, Sam Beckett ! Tu peux te vanter de ne pas être un homme facile à joindre.

Elle lui lâcha le bras et se retourna ; son sourire s'effaça dès qu'elle fit de nouveau face à Roger. Celui-ci, bien entendu, voyait toujours Cynthia.

– Le manuscrit actuellement en ta possession m'appartient, déclara-t-il sur un ton de défi. Philip n'en a pas écrit une ligne.

Alia se retourna vers Sam. Un vague sourire aux lèvres, elle attendait qu'il dise quelque chose.

– Que faire ? je me le demande bien, fit-elle.

Sam voyait tant de significations possibles à cette phrase que sa gorge se serra encore un peu.

– L'auteur est forcément Phil ou moi, affirma Roger. La question est de savoir à qui tu vas faire confiance, non, Cynthia ?

– Oui, répondit-elle. (Un hochement de tête pensif et un regard en biais vers Sam.) C'est tout à fait ça.

On entendit sonner une trompe – encore ce fichu héraut, songea Sam en sursautant. Les yeux d'Alia passèrent de Sam à Roger, avant de revenir au premier, un froncement de sourcils couronnant ses yeux luisants. Et soudain, elle arbora une mine excitée, presque exaltée, et Sam eut la certitude qu'il devait faire quelque chose, n'importe quoi...

– Roger... réussit-il à articuler, sans savoir le moins du monde ce qu'il allait dire ensuite.

– Quoi ? gronda Roger.

Sam ouvrit la bouche. La referma. *Quoi ?* Bonne question. *Ce n'est pas Cynthia ! On le dirait, mais ce n'est pas elle. Elle s'appelle Alia, c'est une voyageuse*

*temporelle venue de je ne sais où et de je ne sais
quand. Elle est venue briser ta vie, celle de Philip ou
de Cynthia, ou les trois à la fois – et la mienne aussi,
par la même occasion. Parce que, vois-tu, je ne suis
pas réellement Philip Larkin... En fait, si ça se trouve,
c'est moi qu'elle est venue tuer...*

C'était sans espoir.

– *Quoi ?* répéta Roger en faisant un pas en avant
d'un air menaçant. On n'est pas en lice, Phil, mais
ça reste une affaire entre toi et moi. Allons-y. Ici et
tout de suite !

– Suivez-moi tous les deux, fit Alia en se dirigeant
vers l'endroit où avait résonné la trompe.

Ils lui emboîtèrent le pas. Sam supposait que
Roger était à peu près aussi médusé que lui. Mais
ils ne redoutaient pas la même chose, de toute évidence. Ce qui inquiétait le plus Sam, c'était la
confiance que manifestait Alia. Secrètement, il
l'enviait. La phase initiale d'une transmutation était
toujours pour lui une période de désordre et de panique. Mais Alia semblait connaître exactement l'identité de tout le monde, la nature de la situation et la
stratégie à employer.

Elle les conduisit à l'intérieur du U de la table du
banquet, contournant une mêlée d'acrobates, pour
aller droit vers les seigneurs. Elle exécuta une profonde révérence tandis que le roi Steffan, sa cou-
ronne légèrement de guingois, levait son gobelet à
sa santé et lui adressait un sourire de bienvenue.

– Dame Cyndaria ! Et escortée par *deux* nobles

chevaliers, rien de moins ! Comment allez-vous en cette belle soirée, messire Ranulf, gentil Perceval ?

Alia prit la parole.

– Vos Majestés, dit-elle en s'adressant également à la reine, veuillez m'excuser pour cette regrettable interruption, mais j'ai la conviction que l'affaire que voilà est de votre seul ressort.

Le roi fit signe au héraut qui fit taire la foule. Les acrobates laissèrent tomber leur numéro – mais, par chance, pas leurs partenaires – et se retirèrent.

– Et de quelle affaire parlez-vous, madame ? s'enquit le roi.

– Le seigneur Ranulf et messire Perceval revendiquent tous deux la propriété d'un même objet. N'ayant aucune preuve qui puisse me permettre de trancher en faveur de l'un plutôt que de l'autre, j'en appelle à votre sagesse pour résoudre ce problème.

– Mais à quoi elle joue ? siffla Sam à l'adresse de Roger.

– Elle applique les lois de la Ligue, répondit ce dernier sur un ton féroce.

Roger endossait à nouveau la personnalité du seigneur Ranulf, avec une satisfaction non dissimulée. Il savourait la situation. Mieux : il l'anticipait. Il ignorait ce que savait Sam. Il n'avait donc aucune raison de partager ses craintes.

– Dame Cynthia, fit la reine Elinor en plongeant ses mains jusqu'aux bagues dans l'eau d'un rince-doigts où flottaient des pétales de rose, puis en les séchant dans un carré de lin. Vous nous demandez de résoudre une affaire d'honneur ?

Alia inclina humblement la tête, dissimulant le petit sourire satisfait que Sam devinait. Les cristaux caressèrent ses joues et son front de douces couleurs.

– S'il plaît à Vos Majestés.

La reine replia délicatement le carré d'étoffe.

– Il y a eu des précédents, vous le savez. Les seigneurs Ranulf et Perceval ne l'ignorent pas non plus, ce me semble.

– Des précédents ? répéta Sam d'une voix atone.

– Fréquents, intervint le héraut. Il y a quatre ans, la question de la succession royale a elle-même été décidée entre...

– On sait, Harvey, nous étions tous là, coupa le roi.

– Owain, corrigea la reine.

– Oui, bon, passons, fit le roi. Eh bien, messire ? Sire Perceval ?

Alia s'écarta habilement avec la mine de quelqu'un qui a accompli sa tâche au mieux. Mais rien ne s'était passé. Sam était encore plus désorienté qu'auparavant.

La voix de Roger tonna. Il voulait que toute l'assistance entende bien le défi qu'il lançait.

– J'exige que messire Perceval fasse amende honorable en public pour ses calomnies !

L'assistance laissa éclater son enthousiasme. Le roi Steffan leva la main pour exiger le calme.

– Silence ! Nous allons écouter la réponse de messire Perceval !

Soudain, Sam se sentit pris de vertige. Questions

d'honneur, règlements de la Ligue, amende honorable... au diable tout cela ! Il savait qui avait écrit *Le je-ne-sais-plus-quoi du fléau*, même si c'était avec les pieds. Philip avait perdu sa propriété littéraire sur son œuvre et Cynthia, et finalement la vie parce qu'il n'avait pas eu les tripes de tenir bon. Eh bien, Sam avait endossé l'identité du preux Perceval à la place de Philip, et le preux Perceval allait agir selon les règles médiévales du bon droit !

Quelles qu'elles puissent être.

Bon, autant commencer tout de suite.

– Je ne ferai pas amende honorable ! Je n'ai aucune excuse à présenter !

– Tu mens, maraud ! rugit Roger.

La scène paraissait fasciner Sa Majesté le roi.

Sa Majesté la reine, en revanche, ne goûtait pas la plaisanterie outre mesure.

– Nous sommes fort marrie de ce conflit, messire, chevalier. Cette querelle doit pouvoir trouver une solution pacifique.

Roger lança un sourire acide à Sam.

– Seulement s'il fait amende honorable, Votre Majesté. Sinon...

Un rectangle de lumière blanche visible du seul Sam apparut à la droite de Roger, et une silhouette en franchit le seuil. Un instant plus tard, la lumière disparut. Al était là, son terminal à la main.

– Dans le mille, Gushie ! Sam, bon sang, que je suis content de te voir ! Je ne sais pas ce qui se passe, mais on t'a perdu pendant un moment. Ziggy était à deux doigts de péter un circuit. Je ne l'ai vue comme ça qu'une seule fois...

Il aperçut Alia.

– *Et c'était cette fois-là !* Bon sang de bon Dieu de bonsoir, Sam, d'où elle sort, celle-là ? Qu'est-ce qu'elle fiche ici ? Comment a-t-elle fait pour te retrouver ?

N'ayant pas la moindre réponse à ces questions, Sam lui jeta un regard qui était un véritable appel au secours.

– Sinon... répéta Roger sur un ton chargé de noirs sous-entendus.

– Allons, allons, insista la reine. Il doit bien y avoir moyen de résoudre cette querelle sans recourir à la violence.

– Les règles de l'ordre en cas de discorde entre chevaliers... commença le héraut.

Mais le roi le fusilla du regard et il se tut.

– Lance-lui un défi, conseilla Al.

– *Quoi ?*

Roger interpréta la question de Sam comme une invite à détailler ses propres intentions. Il s'exécuta avec un large sourire.

– Provoque-le en duel ! expliqua Al. Le jugement de Dieu ! Lance-lui un défi !

– Mais tu es cinglé ! s'exclama Sam – en s'adressant aux deux hommes à la fois.

Le sourire de Roger se mua en grimace furieuse.

– Poltron !

Le roi Steffan fronçait les sourcils.

– Voilà un ton qui ne me plaît point, messire

Ranulf. Pas plus que ce que vous sous-entendez, messire Perceval. Sa Majesté la reine a raison. Mais bien que notre premier souci soit d'éviter les querelles entre nos preux chevaliers, quand il n'y a aucune autre façon de résoudre le problème...

Pour une fois, Sam pouvait s'offrir le luxe de combiner deux conversations en une seule – et sa double réaction fut une totale incrédulité.

– Quoi ? Il faudrait que je lui flanque mon gant à la figure et que je le jette ensuite par terre ?

– Messire Perceval, demanda la reine, est-ce là votre intention ?

Al agita frénétiquement un bras, comme pour signaler à Sam de transformer son essai.

– Vas-y, Percy !

– Je ne porte pas de gants, bon Dieu !

– Messire chevalier ! s'exclama Owain, le héraut. Il y a des dames dans l'assistance, dont Sa Majesté la reine !

– Oh... pardon.

Sam ajouta une légère courbette pour faire bonne mesure. La mine glaciale, Sa Majesté signifia qu'elle pardonnait. Sam se tourna vers Roger et, derrière celui-ci, vit Alia qui le dévorait des yeux. Après s'être éclairci la gorge, Sam s'écria :

– Pas question de faire amende honorable ! Et je défie le seigneur Ranulf en duel !

La foule laissa éclater sa joie et aucun des efforts du héraut ne parvint à rétablir le calme.

Le roi tambourina brutalement sur la table de banquet avec son hanap.

– Vous souhaitez prouver de votre corps la véra-
cité de vos dires ?

– Euh, oui... palsambleu !

Sam n'était pas mécontent de cette dernière excla-
mation ; il commençait à s'adapter à la situation.
S'échauffant, il poursuivit :

– Vos Gracieuses Majestés, je demande ici raison
au seigneur Ranulf de ses mensonges, de ses calomnies et... et de ses perfidies ! Il m'a volé un objet qui
m'appartenait de plein droit et il a l'outrecuidance
de prétendre en être le légitime propriétaire !

– Bien dit, Percichounet ! triompha Al.

Le roi échangea quelques chuchotements avec la
reine puis se tourna de nouveau vers Sam.

– Nous nous devons de vous prévenir, sire Perceval. Au cas où il vous vaincrait en lice, nous consi-
dérerons qu'il dit la vérité !

Puis, se penchant en avant, il enchaîna à voix plus
basse :

– Tu es bien sûr de ton coup, Phil ?

– Votre Majesté, j'ai le bon droit pour moi, et le
seigneur Ranulf en est parfaitement conscient.

Le regard que lui décocha Roger était assassin.

– Je relève ce défi ! Et, pour ma part, j'en lance
un autre, afin d'avoir le droit de courtiser la douce
dame Cyndaria des Carillons et de remporter sa
main !

Tohu-bohu général.

Un jugement de Dieu, une affaire d'honneur, une
rivalité de chevaliers pour la main d'une belle

dame – Errol Flynn, les chevaliers de la Table ronde et sir Walter Scott pouvaient tous aller se rhabiller.

La reine Elinor fit signe à Alia d'avancer.

– Madame ? Acceptez-vous les termes de ce défi ?

Ses grands yeux emplis de candeur, Alia s'avança vers la grande table d'un pas léger, souriant comme un chat qui vient de voler du lait.

– Je ne suis pas digne de causer une telle dissension, Votre Majesté. Et intervenir dans une affaire d'honneur entre deux nobles chevaliers n'est pas mon rôle.

Le roi frappa du poing sur la table, faisant tinter la vaisselle.

– Bien parlé, dame Cyndaria.

Résignée à l'inévitable, malgré ses bonnes intentions, la reine poussa un soupir.

– Beau sire, si vous voulez bien décider de l'heure du duel ?

– Héraut, veillez à ménager un moment à cet effet dans les joutes prévues pour demain.

Le roi Steffan haussa le ton et s'adressa à l'assistance :

– Que chacun ici sache que messire Perceval a lancé un défi au seigneur Ranulf sur une affaire d'honneur et que le seigneur Ranulf a répliqué à ce défi par le sien, pour gagner les faveurs de dame Cyndaria. Nous nous reverrons demain sur la lice !

Des vivats s'élevèrent, on leva haut les verres et les paris s'échangèrent avec ardeur. Sam en voulait à Alia pour sa manœuvre – il ne pensait pas à lui, ni même à Roger ou à Cynthia, mais à tous ces gens qui l'entouraient. Une aimable collusion de rêveurs romantiques qui venaient de se transformer en voyeurs. Sam mettrait un point d'honneur à les tenir dans l'ignorance des enjeux potentiellement mortels que recouvrait cette fête médiévale.

Il prit un siège autour de la grande table et accepta un verre de vin. Il regarda Alia. A cause d'elle, il allait sûrement mourir demain.

7

... termina sa prière et fit son signe de croix juste avant de se transmuter.

*Ici s'achève l'*Histoire du prêtre.

Donna Elesee Beckett pressa la touche de sauvegarde de son ordinateur, et sourit. Si Al était à Sam ce que Sancho était à Don Quichotte, elle était le Dr Watson et Sam était Sherlock Holmes. Elle rédigeait le compte rendu de chaque transmutation, suivant pas à pas les aventures et mésaventures de son mari. Ziggy avait manifesté vis-à-vis de cette activité tout le mépris que Holmes réservait aux efforts de Watson, jusqu'à ce que Donna lui suggère de consulter la seule nouvelle que le grand détective ait écrite lui-même. Holmes y avouait qu'écrire était bien plus difficile qu'il ne l'aurait cru. La seule réponse de Ziggy avait été un silence méditatif. Depuis, l'ordinateur guettait chaque nouvelle histoire de Donna... et se plaignait parfois de trop peu y apparaître.

Au début, Donna avait tenté de classer les bonds dans le temps par ordre chronologique. Non pas celui des années dans lesquelles Sam s'était retrouvé, mais la séquence des transmutations telles que lui les vivait. Mais certaines histoires avaient dépassé ses capacités. Pas forcément celles dans lesquelles Sam avait une aventure avec une autre femme, mais celles qui s'avéraient douloureuses sur le plan émotionnel.

Elle savait, par exemple, qu'elle ne pourrait jamais retranscrire le terrible saut dans l'asile psychiatrique. Les meurtrissures sur les tempes de Sam quand il lui était revenu, pendant douze courtes heures, étaient encore trop présentes à sa mémoire. Et elle n'avait pas non plus encore trouvé le courage de raconter la transmutation dans laquelle elle avait joué elle-même un rôle important. Il y en avait d'autres, qu'elle essayait carrément d'oublier.

Par contre, elle relatait certaines missions pour le simple plaisir de conserver un souvenir des gens qui y avaient pris part, en particulier ceux qu'elle avait appris à connaître dans la salle d'attente. Jimmy, avec son perpétuel sourire radieux. Sam lui-même, adolescent, tout rougissant et bafouillant – ce qui les remettait sur un pied d'égalité, puisque, désormais, elle aussi avait pu rencontrer son conjoint jeune. Un tout jeune Al qui avait reluqué ses jambes, à l'embarras profond du Al d'aujourd'hui. Samantha Stormer – intelligente, ambitieuse, résolue à réussir dans le milieu machiste des années 60. Et Jesse, bien sûr, le vieux Noir qui, en découvrant dans la table miroir le reflet d'un jeune Blanc, avait réagi en demandant poliment qu'on lui rende ses traits.

– J'sais bien que c'est pas le plus joli minois de la chrétienté, mais j'ai vécu avec pendant une bonne soixantaine d'années. Et ça finit par créer des habitudes, m'dame.

Donna mentionnait dans chaque histoire comment les chercheurs du centre Code Quantum avaient vécu les choses : quand Sam reviendrait, il tiendrait à tout savoir. Elle écrivait pour lui et à cause de lui. Conter chaque transmutation la rapprochait de lui. A défaut de partager les péripéties de sa vie, comme le faisait Al, elle pouvait au moins jouer un rôle après coup.

Verbeena Beeks, la psy du centre, n'avait pas toujours le temps de prendre des notes. Parfois, elle disparaissait plusieurs jours de suite, le temps de consigner en catastrophe les éléments de la dernière transmutation de Sam avant que celle en cours ne réclame son intervention. Ziggy lui prêtait mainforte, bien entendu, et gardait trace de tout, pour le communiquer aux organismes gouvernementaux qui subventionnaient le centre. Certes, elle ne transmettait pas la totalité de ses données aux ordinateurs du gouvernement ; elle les jugeait lents, sots et ridicules, indignes de l'énergie que demandait l'interface – une énergie qu'elle imputait sur leurs factures, et non sur les siennes ! Pour Ziggy, se mettre en contact avec eux était l'équivalent d'une mauvaise soirée au restaurant : elle laissait le soin de régler l'addition au chevalier servant qui l'avait déçue.

— Eh bien ? demanda Donna, en élevant la voix dans son bureau vide. Ça te plaît ?

— Intéressant et distrayant, docteur Elesee, répondit la voix désincarnée de Ziggy. On pourrait même discerner des conseils d'ordre moral dans cette histoire. Mais je ne comprends pas votre dernière phrase.

— C'est un clin d'œil, Ziggy. Consulte tes banques de données sur Chaucer et ses *Contes de Cantorbéry*.

— Oh ! je vois, une allusion métaphorique à une tradition littéraire. Avez-vous l'intention de faire publier vos histoires ?

— Grand Dieu, non ! (Elle éclata de rire.) Qui nous croirait ?

Donna éteignit sa console et s'étira pour dissiper la raideur de sa nuque. Le cou de Neandertal, la malédiction de l'écrivain.

— Ce sont encore tes relevés bancaires qui te tracassent, Ziggy ?

— La dernière rencontre avec la commission d'enquête s'est très bien déroulée, docteur Elesee. Je ne prévois aucun problème. Je suis simplement impressionnée par le montant des droits d'auteur perçus par Roger Francs.

— Bonne nuit, Ziggy, lança Donna après un bref rire.

— Bonne nuit, docteur Elesee. Faites de beaux rêves.

— De même.

Donna ferma la porte derrière elle et descendit le couloir jusqu'à la cafétéria. Elle avait encore du travail, ce soir. Elle avait entendu dire que la mère de Sam avait envoyé des macarons à la noix de coco par courrier exprès. Après un raid sur ces cookies, Donna poursuivit sa route dans le dédale de couloirs jusqu'à ses quartiers.

Elle s'arrêta. Ses doigts hésitèrent au moment d'appuyer sur l'interrupteur, tandis qu'elle se demandait si quelque chose avait changé dans sa chambre. Al affirmait souvent qu'à chacune de ses visites dans le bureau de Sam, il y découvrait des modifications. Une photographie au mur n'était plus accrochée à la même place ; une note manuscrite était apparue sur tel ou tel calepin ; la pendulette d'habitude posée à droite sur le bureau se trouvait désormais à gauche. Ces phénomènes l'effrayaient un peu.

Comme Al suivait Sam dans ses transmutations, il possédait deux jeux de souvenirs : avant et après. Au fur et à mesure que le saut dans le temps progressait, Ziggy enregistrait les données d'*avant* dans une banque qui servirait de référence. Al procédait à peu près de la même façon, mais le cerveau humain n'est pas un ordinateur. En général, tout se passait le plus simplement du monde : les vies qu'affectait Sam n'avaient pas le moindre rapport avec la sienne. Mais parfois, Al souffrait de sévères indigestions psychologiques. Selon Verbeena, seules les remarquables capacités d'adaptation d'Al, sa faculté de toujours retomber sur ses pieds, lui permettaient de conserver sa santé mentale. Car si Ziggy *connaissait* les deux histoires, Al les avait *vécues*.

Quant aux changements qui étaient intervenus, le reste de l'équipe devait croire sur parole Al et Ziggy. Pour Donna, par exemple, Jacqueline Kennedy-Onassis avait vécu à New York ces vingt-cinq dernières années. Mais s'il fallait en croire Ziggy et les confirmations d'Al, elle n'avait survécu à cette terrible journée à Dallas que grâce à l'intervention de Sam. Le reste de l'équipe du centre Code Quantum avait appris par la force des choses à ignorer leur frustration quand on leur apprenait que leurs souvenirs s'étaient modifiés au moment où Sam changeait l'Histoire. Bien entendu, la chose était d'autant plus supportable qu'il s'agissait d'améliorations.

Pour Donna, Gushie, Tina ou Verbeena, seule la petite réaction sur le visage d'Al, chaque fois qu'il constatait une différence, indiquait que le cours du temps avait été altéré. Un jour, alors que Donna déjeunait avec lui dans un restaurant d'Albuquerque – une trop rare escapade loin de la cantine du projet –, il l'avait complimentée sur les « nouvelles » boucles d'oreilles en turquoise qu'elle portait. C'était un cadeau que Sam lui avait fait sept ans auparavant et elle les portait quatre jours sur dix, mais Al se conduisait comme s'il les voyait pour la première fois. Donna passa le reste de sa soirée à se demander quel infime décrochement temporel avait pu inciter Sam à acheter ces boucles d'oreilles, plutôt que

104

l'écharpe ou le bracelet qui avaient constitué son cadeau de Noël dans une autre histoire.

Ces modifications étaient mineures. Donna ne les percevait jamais. Pour elle, elles n'existaient pas. Mais parfois, elle s'arrêtait sur le seuil de son bureau ou de sa chambre, en se demandant ce qui avait pu y apparaître ou disparaître pendant son absence.

Bien sûr, elle n'aurait jamais de réponse à cette question.

Elle décida de laisser les lumières éteintes. Elle n'en avait d'ailleurs pas besoin. Allant jusqu'à son lit, elle alluma la lampe de chevet et ouvrit les draps. Après avoir enfilé un pyjama de Sam, elle s'installa, le dos calé contre des oreillers, et passa un moment les paupières closes, l'esprit vide.

Puis, s'ébrouant après cette brève méditation, elle régla la lumière de la lampe et sortit de la table de chevet un boîtier plat en plastique. Elle avait pris depuis longtemps l'habitude d'employer son portable pour faire sa correspondance. Ziggy avait la désagréable manie de fouiner partout.

Assise en tailleur, du thé et des cookies à portée de la main, elle commença à taper une lettre pour sa belle-sœur.

Chère Katie,
Encore merci pour tes cadeaux d'anniversaire. Ils sont arrivés il y a deux jours, mais si tu crois que j'ai attendu le jour de mon anniversaire pour dévorer tes succulentes papayes, tu te fourres le doigt dans l'œil ! Merci à Lizzie pour sa superbe aquarelle, que j'ai

accrochée au mur de mon bureau. Au fait, son T-shirt frappé de la fière devise LES ASTRONOMES FONT ÇA QUAND ILS SONT DANS LA LUNE est-il le signe qu'un de mes neveux va suivre les traces de sa mère ?

Rassure-toi, ta question n'était pas indiscrète. En fait, je suis contente que tu me l'aies posée : tu m'offres l'occasion d'en discuter – sur le papier, en tout cas.

Pour te répondre, je vais bien la plupart du temps, mais je connais des périodes difficiles. Je pense assez souvent à ce qu'a dû vivre Beth, la première femme d'Al. Mais j'ai sur elle l'avantage de savoir que Sam est vivant.

Je n'avouerai jamais ça à quelqu'un d'autre que toi, mais je crois que je comprends Beth – autant qu'on peut comprendre quelqu'un qu'on n'a jamais rencontré. Nos situations sont comparables. Elle avait une vie avec Al, et on la lui a enlevée ; elle a attendu des années, en tentant de se fabriquer une nouvelle existence qui ménagerait une place pour lui – une existence dont il ne se sentirait pas exclu, qui ne lui donnerait pas l'impression d'être superflu, à son retour. Elle avait un travail, des amis, des souvenirs.

Mais je crois qu'à la fin, elle a épuisé ses dernières forces. Ce sont les nuits qui sont le plus difficiles, Katie. Je rêve de Sam, et je me réveille seule.

J'ai tellement peur d'épuiser mes forces, moi aussi. Je ne m'imagine pas aimer quelqu'un d'autre – mais cet amour si fort que j'éprouve pour Sam me condamne à un enfer très personnel. Les regrets sont déjà devenus une seconde nature, et ça me fait peur.

Je ne veux pas m'habituer. J'en ai honte, et je me déteste d'avoir de telles pensées. Mais les souvenirs sont tout ce qui me reste, et Sam, là où il est, ne se souvient même pas de mon existence.

Ça vaut mieux comme ça. Vraiment. Je ne pourrais pas supporter qu'il se souvienne de moi. Parce que, malgré tout notre amour, il aurait peur que la situation n'évolue comme pour Al et Beth – peur de rentrer enfin et de ne pas me retrouver.

Mais je serai là. Pas parce que je suis plus forte que Beth, ni parce que j'aime Sam plus qu'elle n'aimait Al, mais parce que...

– Parce que je suis une tête de mule et que je refuse de déclarer forfait, compléta-t-elle à haute voix.

Sa voix paraissait bizarrement pâteuse ; elle but une longue rasade de thé chaud.

– Tu reviendras. Je refuse de croire que nous allons nous perdre. Tu m'entends, Sam Beckett ? Je t'aime et je ne t'abandonnerai pas, à rien ni à personne. Ni au temps, ni au destin, ni au projet Code Quantum, pas même à Dieu.

Après quelques minutes de silence pensif, elle effaça très calmement les sept derniers paragraphes. Elle reprit :

Ici, tout le monde va bien et transmet ses salutations à Jim, à maman et aux enfants. Les nouvelles que tu m'envoies de l'observatoire de Keck sont fabu-

leuses – en particulier la comète de Beckett ! Sam en sera vraiment très fier, à son retour.

Si tu as un peu de temps en rentrant de ta conférence à Caltech, passe-moi un coup de fil, et nous essaierons de nous voir quelque part à mi-chemin – à Phoenix ou à Sedona, par exemple. J'ai bien besoin de quelques jours de vacances. Tiens-moi au courant.

Encore merci d'avoir pensé à mon anniversaire.

Avec toute mon affection.

Elle se leva et, dans l'obscurité, se dirigea sans hésiter vers la table pliante sur laquelle Sam et elle prenaient toujours leur petit déjeuner le dimanche. Elle y posa le portable. Le boîtier plastique buta contre un objet dont elle ne se rappelait pas la présence.

Son cœur battit à tout rompre. Une modification née d'une altération provoquée par Sam ?

En tremblant, elle alluma la lumière. Sur la table se dressait un grand vase bleu garni de deux douzaines de roses jaunes. Une carte très simple était appuyée contre le vase. Elle l'ouvrit et lut :

Joyeux anniversaire, doña Dulcinea.
Je t'aime.
Sam.

8

Incapable de supporter plus longtemps la présence d'Alia – et certain que s'il avalait encore une goutte de cet hydromel douceâtre, il allait être malade –, Sam disparut entre les arbres. Il se dirigea vers le seul refuge qu'il connût : la tente de Philip. Al lui collait aux basques ; en silence, heureusement.

Sam pénétra dans la tente. Al passa à travers la toile. Toujours aussi cabot, cet hologramme !

Et il s'embarqua à nouveau dans ses histoires au sujet de Camelot. Même si son cigare faisait une épée peu convaincante, Al, redevenu le preux Lancelot, avança vers la cotte de mailles, pendue sans défense sur son tréteau.

– Par saint Georges et le dragon, c'était épatant ! conclut-il. De nobles chevaliers s'affrontant pour une question d'honneur, se défiant au combat... comme au bon vieux temps !

Sam alluma la lampe tempête et souleva la glacière pour la poser sur la table. Il comprenait le petit jeu d'Al. Qu'il continue. Tout plutôt que d'avoir à parler d'Alia.

– Il ne manquait que les fanfares ! Tiens, prends ça, Ranulf !

Le cigare holographique passa à travers l'armure.

Sam souleva le couvercle de la glacière.

– J'ai remis le manuscrit là où je l'avais trouvé, exactement. Tu vois ? Je savais bien qu'il serait...

Là où il l'avait trouvé, précisément, niché entre

les boissons gazeuses, les bières, un sac de barres de chocolat, un salami et une tranche de gruyère !

Sam contempla l'épaisse enveloppe, bouche bée. Elle était toujours là !

– A notre droite, la fine fleur de la chevalerie, clamait Al en pourfendant sans pitié la malheureuse cotte de mailles. Sur notre gauche, des troubadours...

– Al ! (Sam agita le manuscrit devant – et un peu à travers – le nez de son ami.) Roger n'a rien volé. Le bouquin est encore là.

– Hein ?

Al remit le cigare dans sa bouche et en tira une ou deux bouffées tout en fronçant les sourcils.

– Mais alors, d'où vient le manuscrit que Cynthia a lu ?

Un piaulement jaillit de son terminal et attira son attention. Sam jeta le manuscrit sur son lit de camp et ouvrit la mallette une nouvelle fois. Les notes de Philip devaient forcément s'y trouver. Il avait dû les manquer. Il *fallait* qu'elles soient là-dedans. Et puis, pendant qu'il fouillait, il ne penserait pas à Alia.

– Oooh, ça suffit, Ziggy ! Pitié ! Sam, tu ne vas jamais croire ce qu'elle raconte, à présent ! Ecoute !

– Je t'écoute, fit Sam.

– Le manuscrit qu'a lu Cynthia est bien celui qui sera publié. Ce que tu possèdes, c'est la version de Philip.

Sam leva les yeux.

– Comment ça ? Enfin, tu m'as affirmé que c'était bien ce livre-là, et le nom de Philip figure en page de garde. Roger a dû voler le manuscrit et le réécrire, on est d'accord ?

– Selon Ziggy, il s'agit d'une collaboration.

– Ils y ont travaillé ensemble ? Tous les deux ? Ziggy doit faire erreur. Ils ne peuvent pas être...

– Amis ? Moi aussi, ça m'étonne. (Il lut à haute voix les données que transmettait Ziggy.) Ils se sont rencontrés à la Ligue de chevalerie médiévale en 1984. Bons copains, compagnons de beuverie... même si Philip a des années-lumière d'avance sur Roger, sur le plan intellectuel. Philip lui a obtenu un poste plus intéressant dans la compagnie pour laquelle il travaille – moins vite, Ziggy ! Cynthia fait son entrée en scène en 1986, lors des ébats de Noël. Oh, que de promesses dans ce joli terme ! (Il s'interrompit pour imaginer la scène.) Hmmm, je ne détesterais pas la coincer sous le gui...

– On ne peut pas dire que ça me surprenne de ta part, marmonna Sam. Tu veux dire que Philip et Roger sont tombés amoureux de la même femme, ce qui a signé la fin de leur amitié ?

Déprimant et tellement banal.

– Non, ils ont commencé à se chamailler à cause du livre. Ils l'écrivaient depuis 1985, c'était un simple passe-temps. Beaucoup de récits de combats à l'épée – le tout, très fidèle à la réalité historique, comme je te l'ai dit. Mais aucune histoire d'amour. Philip voulait faire vivre au comte de Saint-Junien une aventure bien torride, mais Roger est un puriste.

Sam laissa tomber la sacoche. Il n'avait rien trouvé d'intéressant dedans.

– Attends... *Roger*, tu dis ?

– Soyons lucides : tu crois que Roger a besoin de fantasmer sur les femmes ?

Sam dut reconnaître que c'était logique.

– Ils se sont disputés à ce propos, face à face par modem interposé. (Al secoua son terminal, plissant des yeux pour mieux lire les caractères minuscules qui défilaient sur l'écran.) Philip a suivi son idée et a intégré Alix à son livre, en prenant Cynthia pour modèle. Roger a piraté l'ordinateur de Philip, jugé l'idée excellente et composé sa propre version. Le premier manuscrit de sa main où apparaît Cynthia est postérieur de quatre mois à celui de Philip. Et avant que tu ne poses la question, je le sais parce que c'était sur les disquettes de Philip. Il a légué toutes ses archives à sa compagnie, et Ziggy a réussi à s'introduire dans leur réseau il y a une demi-heure.

– Elle a découvert des informations sur le condensateur ?

– Non. On ne t'a jamais dit que tu étais vraiment pénible, quand tu as une idée fixe ?

Jetant les papiers de côté, Sam se releva d'un bond et commença à arpenter la tente. Ce n'était pas un exercice entièrement satisfaisant : trois pas, et il se cognait à la table ; encore trois pas, et il butait contre le lit de camp.

– Voyons si j'ai bien tout compris. Il existe deux manuscrits du même livre. L'un ne vaut pas tripette, l'autre est excellent – du moins, selon l'avis de Cynthia. Il faudrait donc publier la version de Roger, non ?

– Mais Philip en est le coauteur, même si sa version est nulle. A ton avis, il a rajouté une histoire d'amour pour que le livre se vende ?

– Non, répondit Sam en secouant la tête. Pour la gloire.

– La gloire auprès de Cynthia, approuva Al. Après tout, c'est lui qui a eu l'idée d'en faire un personnage – mais quand elle aura compris qui est la douce Alix, elle va croire que l'idée est de Roger, puisqu'elle a lu sa version en premier.

– Elle sait déjà qu'elle figure dans le bouquin. Mais elle ne sait pas qui l'a mise là.

Al s'interrompit pour réfléchir.

– En fait, Alix ne ressemble pas beaucoup à Cynthia. Ce sont deux très belles blondes, elles fabriquent toutes deux des carillons éoliens, mais à part ça... (Il haussa les épaules.) Alix de Courteney était une femme de son temps. Une véritable héroïne médiévale, pas un anachronisme du XXᵉ siècle transplanté au temps des croisades.

Un anachronisme. Sam était expert sur ce sujet.

– Tu veux dire qu'elle était analphabète, qu'elle passait son temps à faire de la tapisserie et qu'elle avait des poux ?

– Beurk !

– A la place de Cynthia, je ne me sentirais pas vraiment flattée. Je prendrais ça comme une insulte.

– Hmmm. (Al tira une bouffée de son cigare et laissa tomber sa cendre sur le plancher.) Tu sais quoi ? J'ai l'impression que ces deux gugusses ne sont tombés amoureux de Cynthia qu'après l'avoir métamorphosée en dame Alix. Comme le Grec qui a craqué pour sa statue.

Sam soupira.

– Pygmalion et Galatée ? L'idée originale vient des *Métamorphoses* d'Ovide. George Bernard Shaw a adapté l'idée dans sa pièce *Pygmalion* que Lerner et Loewe ont prise comme point de départ à *My Fair Lady*.

Comment pouvait-il se souvenir de telles choses, et pas de ce qui comptait vraiment ?

– Ouais, c'est ça... sauf qu'Alix n'existe que sur le papier, alors que Cynthia est une fille en chair et en os. (Après un silence, Al acheva sa pensée :) Et que Cynthia n'est plus Cynthia.

Voilà, c'était dit. Il fallait parler d'Alia. Sam se rassit sur le lit de camp, prenant une pile de paperasses sur les genoux.

– Je sais.

Le commentaire était un peu court.

– L'origine d'Alia laisse Ziggy perplexe, Sam. Elle n'a en mémoire aucun indice laissant croire à l'existence d'un projet semblable au nôtre. Cela dit, notre centre Code Quantum est secret défense. Peut-être que celui d'Alia aussi.

– D'accord, mais quand même : quelque chose aurait fini par filtrer. Ziggy n'a encore jamais rencontré d'ordinateur qu'elle n'arrive pas à tromper, cuisiner ou forcer à cracher le morceau. (Il s'interrompit à mi-phrase au moment où une horrible idée lui venait.) Al... Et si Alia venait de plus loin dans notre futur ? Disons 2010 ou 2015...

– Je ne crois pas que ce que tu envisages me plaise beaucoup...

– ... et qu'ils aient réussi à nous voler les plans, la technologie...

– Sam, je n'aime vraiment pas ça *du tout*.

– ... sans même qu'on s'en aperçoive ?

– Non, répliqua Al, catégorique. Je n'y crois pas.

– Réfléchis ! Alia se transmute à une époque donnée, en un lieu donné, à la place d'une personne donnée – exactement comme moi. Une intelligence artificielle la conseille – exactement comme Ziggy.

– Et un hologramme la seconde – exactement comme moi. (Le visage d'habitude si pince-sans-rire de l'amiral s'était figé.) Non. Et je vais te dire pourquoi je n'y crois pas : le projet Code Quantum est unique, Sam, parce que ton cerveau est unique. Il n'y a jamais eu la moindre indication que quelqu'un d'autre travaillait sur un projet même vaguement semblable.

– Ce qui ne signifie pas...

Al ignora cette interruption et poursuivit :

– Alors, si je croyais que les transmutations d'Alia se passent exactement comme les tiennes, je devrais soupçonner tous ceux qui ont travaillé avec nous. Je ne pourrais plus faire confiance à personne. Et je refuse de vivre de cette façon.

Sam y réfléchit. Sur les dizaines de personnes qui avaient aidé à mettre en place les différentes phases du projet, les dizaines d'autres qui avaient connaissance de son existence et le personnel de base qui savait pratiquement tout ce qu'il fallait en savoir (ce

dernier groupe étant potentiellement le plus dange-
reux), il ne pouvait imaginer personne en qui il
n'avait pas une confiance absolue.

Cela dit, se souvenait-il de tout ?

Non, Al avait raison. Sam n'aurait pas pu vivre de
cette façon, lui non plus. Il devait faire confiance
aux gens qui avaient travaillé avec lui pour concrétiser son rêve. C'étaient les mêmes personnes qui
œuvraient pour le faire rentrer chez lui.

– Oui, finit-il par dire. Entièrement d'accord.

Al souffla la fumée de son cigare, visiblement soulagé.

– Nous ne saurons sans doute jamais d'où vient
Alia. Mais une chose est sûre. C'est ton adversaire,
Sam. Elle est mauvaise. Sa seule présence donne des
convulsions à Ziggy. Et Ziggy répète qu'elle n'aime
pas la situation.

Sam se reprit à fouiller dans la sacoche de Phil
pour éviter de regarder son ami dans les yeux.

– Ziggy n'est pas la seule.

Un long silence, puis Al se risqua :

– Tu te souviens de la première fois où nous avons
rencontré Alia ?

Ses mains sur ses bras, chaudes et bien réelles.

*Deux yeux grands ouverts, surpris, écarquillés par
les questions qu'elle se posait et un bref éclair de
crainte.*

*La conscience instantanée d'avoir en face de lui une
âme sœur, en phase avec la sienne. Certes, pas un
coup de foudre (il savait ce que c'était, même s'il ne
lui en restait que l'image diffuse d'une nuée de che-*

veux noirs et soyeux) – non, pas de l'amour, mais de l'empathie, de la compassion et...

Du désir. Après l'exaltation prudente de la découverte, de la révélation qu'il n'était pas seul dans sa danse folle à travers le temps, il se souvenait d'avoir ressenti une attirance pour elle.

Il se souvenait également qu'elle s'était griffé la joue jusqu'au sang et qu'elle avait hurlé en lui braquant un revolver sur le cœur.

– Oui, répondit-il.

– Alors, dans ce cas...

– Ecoute, chargeons Ziggy d'un travail constructif. De cette façon, elle arrêtera de se faire du souci à propos d'Alia. Mets-la au travail avec Philip Larkin. Ils devraient bien s'entendre – c'est un expert en ordinateurs et...

– S'il était en forme, j'en serais partisan. Il se sent mieux, mais... Tu sais comment ça marche, Sam. Il y a des gens qui tombent dans le coma, d'autres qui deviennent hystériques. Lui, il est à mi-chemin. Il reste là, et il boit des cappuccinos en contemplant son reflet dans la glace. Ton reflet. (Une hésitation, puis Al continua :) Je crois qu'il te considère comme le prototype parfait du Chevalier sans peur et sans reproche.

Sam éclata de rire.

– Moi ?

– Toi.

Sam baissa la tête et parcourut des yeux le papier qu'il tenait entre les mains.

Il regarda plus attentivement.

Un vague gribouillis bariolé, un schéma. Une longue bobine bleue (au crayon de couleur !) se terminait sur un faisceau de lignes noires qui plongeaient dans un cube gris d'où émergeaient des ondulations jaunes. Des notes qui ressemblaient à des hiéroglyphes sur le côté droit. Autrefois, Sam avait peut-être su ce que cela représentait.

Mais il reconnaissait suffisamment les choses pour que les battements de son cœur s'accélèrent.

– Le voilà, Al. Le condensateur de Larkin.

– C'est ça ?

– Non, ce n'est pas ça ! s'exclama Sam en se remettant debout.

– Décide-toi.

– Bon sang, ça ne fonctionne pas ! Le flux n'irradie pas au niveau des coins, il n'y a pas d'interrupteur – et qu'est-ce que c'est, ce bidule sur le côté ?

– Aaah, Sam ! ironisa Al. J'aime quand tu te grises de termes techniques.

– Scanne-moi ça à l'intention de Ziggy, lui ordonna Sam en étalant le croquis maladroit sur la table.

Al pointa son terminal sur la feuille et procéda au scannage. Sam trépignait d'impatience.

L'homologation du condensateur par Philip Larkin n'interviendrait que dans deux ans. Sam n'avait pas assez de souvenirs pour le fabriquer. Tout reposait sur Ziggy, qui devrait être capable de clarifier le problème, surtout si Philip se ressaisissait pour lui donner un coup de main.

(*Moi ? Le Chevalier sans peur et sans reproche ?*)

Et Alia ? Pour quelle raison était-elle ici ? Par accident, comme la dernière fois ?

Mais s'était-il bien agi d'un accident ? Et si *on* l'avait cherché délibérément – et qui pouvait être ce *on* ? Si Sam essayait de réparer les erreurs du passé, est-ce qu'Alia le suivait pour tenter de les rétablir ? Ou la séquence se déroulait-elle dans l'ordre inverse ? Sam était-il condamné à nettoyer les désastres qu'Alia laissait dans son sillage ?

Pourquoi Alia avait-elle poussé Roger et lui à se livrer ce duel grotesque ? Au pire, demain, Roger allait infliger à Sam une nouvelle raclée. Le tranchant des armes était émoussé ; Roger n'avait aucune intention de tuer Philip. Si Alia avait conçu son plan dans ce but, elle courait au-devant d'une déception.

Mais elle n'avait pas besoin de Roger pour tuer Sam. Elle était parfaitement capable de s'en charger elle-même.

Faux. Elle n'y avait pas réussi la dernière fois.

Cependant, entre alors et maintenant, que lui avait-on fait ? Il entendait encore les cris qu'elle avait poussés en disparaissant. Il l'avait crue morte, un instant ; il avait voulu s'en convaincre. Mais quelque chose lui avait soufflé qu'elle existait encore. Il avait perçu mais refoulé cette impression, et s'était convaincu qu'elle avait été tuée.

Cynthia Mulloy, directrice de collection et fabricante de carillons éoliens, ne pouvait pas avoir d'importance aux yeux d'Alia. Ni Roger Francs, avec sa physique des particules et son redoutable revers

(Sam avait encore mal à l'épaule). Non, dans ce triangle, le sommet c'était Philip, à cause de ce qu'il allait accomplir dans deux ans.

Et Sam occupait maintenant la place de Philip Larkin. Peut-être se dressait-il en travers du chemin d'Alia.

Jusqu'à ce qu'il découvre la raison de sa présence, tout le reste n'était que conjectures.

Si elle n'est pas là pour Philip, elle est là pour moi. Il n'y a aucune raison de croire que les choses ont changé depuis la dernière fois – on lui avait ordonné de m'arrêter. Même si le but initial de sa transmutation était Philip, ma présence a tout remis en question.

Tout ce qui m'arrivera influera sur Philip – et par conséquent sur le condensateur de Larkin et, par retour du balancier, sur moi. Si Alia me tue, Philip sera coincé dans le futur, sans jamais avoir inventé le condensateur...

Et s'il ne l'invente jamais, il n'y aura pas de projet Code Quantum... Et je ne serai pas ici, pour qu'Alia me tue.

Mais j'y suis, pourtant. Si je meurs, que va-t-il arriver à Philip ?

Sam estimait avoir quelque expérience de ces paradoxes temporels. Mais son cerveau refusait de trop s'attarder sur certaines choses, sur ce qui se passait en ce moment, par exemple.

Il avait l'intime conviction qu'Alia ne pouvait pas le tuer. Poussée par ce qui la contrôlait, elle tenterait de le faire, mais elle était incapable d'y parvenir.

Contrairement à Al, Sam était convaincu qu'elle n'était pas mauvaise. Par contre, ce qui contrôlait ses bonds dans le temps l'était. Et cette effroyable tension entre ce qu'elle était et ce qu'on lui ordonnait de faire devait parfois la rendre à moitié folle.

Il se souvenait de la dernière vision qu'il avait eue d'elle : son corps qui se tordait dans une brume de couleurs malsaines, un cri qui lui avait brisé le cœur – le châtiment que lui avait valu son échec avait-il été si atroce, si terrifiant, qu'elle était désormais prête à le tuer ?

Et si ma mort était bien la clé de la libération d'Alia ?

Un bêlement apeuré du terminal : Sam redressa brusquement la tête. Al tenait le boîtier clignotant à bout de bras, comme si des crocs, des griffes et une queue fourchue venaient de pousser sur l'engin.

– On se calme, Ziggy ! Tout va bien, ma petite... Gushie, fais quelque chose !

– Qu'est-ce qu'elle a ? s'inquiéta Sam.

– Tu devrais le savoir, lui reprocha Al en pressant fébrilement des touches. Elle réagit à ce que tu viens de dire. On croirait le feu d'artifice du Bicentenaire au-dessus de Manhattan ! Bon sang, Gushie !

– Ce que j'ai... Oh !

Il avait dû exprimer à haute voix ses conjectures sur sa mort et la libération d'Alia.

– Je ne savais pas que mon sort la préoccupait à ce point.

– Ton sort ? Sois sérieux. C'est le sien qui l'inquiète. Elle refuse catégoriquement d'envisager l'éradication totale de son existence. Le condensateur de Larkin ne fait même pas partie de son schéma de base personnel ! Allons, allons, ma petite, on se reprend. Sam ne pensait pas ce qu'il disait. Il se livrait juste à... Gushie, calme-la !

Sam comprit instantanément le désarroi de Ziggy. Sans condensateur de Larkin, pas de projet Code Quantum. Et sans projet Code Quantum, la création de Ziggy ne se justifiait plus. Une telle menace contre son ego surdimensionné lui était intolérable. Certes, Sam ne pouvait pas le lui reprocher ; il l'avait programmée comme ça.

Mais cette crise de personnalité résumait les difficultés de la situation et confirmait l'analyse de Sam sur les raisons de la présence d'Alia.

Le but de ses sauts dans le temps était de rectifier l'Histoire. Alia visait le but contraire. Le condensateur de Larkin était une composante de l'actuelle structure du temps. Si Alia modifiait cela...

Il garda ces pensées pour lui. Ziggy paraissait fragile, une sensation troublante pour un ordinateur qui aurait pu donner des leçons d'autosatisfaction à Henry Kissinger. Travailler sur les notes de Philip serait une excellente thérapie. Ziggy était bonne fille, quand elle ne s'abandonnait pas à des crises d'hystérie de plusieurs gigawatts.

L'intelligence de Sam l'orientait vers une conclusion très précise. Et la conclusion semblait la même, quel que soit le cheminement suivi pour y parvenir.

Ces dernières années, tout le travail que j'ai accom-

pli, rien de tout cela n'existerait plus. Je retournerais instantanément chez moi – ou au néant.

Dans un cas comme dans l'autre, c'est le contrôleur d'Alia qui gagnerait la partie.

9

– Elle est *où* ?

– En compagnie du Dr Larkin, amiral. Le Dr Beeks a jugé qu'un entretien entre eux n'était pas déconseillé.

Al plissa le front, soudain inquiet. *Pas déconseillé* : en bon français, cela signifiait que Verbeena avait des objections mais n'avait pas pu trouver de raisons vraiment valables pour s'y opposer.

– En ce moment même ? s'étonna Al. Mais tu as une idée de l'heure qu'il est ?

– Je suis *toujours* consciente de l'heure. Et vous vous trompez, amiral. Si le temps est perçu par les humains de façon subjective, ce n'est ni une idée ni un concept, mais bien un fait vérifiable. Dois-je vous détailler les équations pertinentes de cette conclusion ou préférez-vous que je me borne à vous donner l'heure ? Au cas où la deuxième hypothèse prévaudrait, veuillez préciser si vous souhaitez l'heure en idiome militaire ou en langage courant.

Al jeta un regard mauvais à l'ordinateur.

– J'ajouterai que vous n'auriez nul besoin de me

demander l'heure si vous n'aviez pas oublié votre montre sur la coiffeuse de Tina. Une fois de plus.

— Laisse tomber, je reviens tout de suite, fit Al en jetant le terminal sur la console principale.

— Précisez les termes que vous employez.

Al fit halte sur le seuil de la salle de contrôle et se retourna.

— Hein ?

— Au cours du dernier mois calendaire, amiral, vous avez employé l'expression « tout de suite » à vingt-sept reprises. La période à laquelle vous faisiez référence a été à chaque occasion totalement différente, variant de neuf secondes soixante-deux centièmes à sept heures cinquante-huit minutes. Un minimum de courtoisie voudrait que vous définissiez de façon précise ce que vous entendez cette fois-ci par « tout de suite ».

— « Un minimum de courtoisie » ? (Une grimace soupçonneuse.) Est-ce que Gushie t'aurait donné à lire des manuels de bonnes manières ?

— Non, amiral. Dans ma quête pour établir une interface plus efficace avec les ordinateurs humains, je demande simplement une information. Le concept de politesse est de votre ressort, non du mien.

Quand Ziggy se sentait vulnérable, elle devenait pédante. Etant donné le nombre astronomique de sujets sur lesquels elle était actuellement l'expert mondial numéro un, Al devait s'estimer heureux qu'elle ait opté ce soir pour le chapitre des bonnes manières. Au moins, elle était redevenue cohérente.

Mais cette conversation restait malgré tout bien prétentieuse, même pour Ziggy.

– Je reviens tout de suite, répéta-t-il. Et ça prendra le temps que j'estimerai nécessaire. Compris ?

– Inutile de monter sur vos grands chevaux, amiral.

Al poussa un grognement de dédain et sortit. Un cours de bonnes manières aurait fait du bien à cet *ego* monstrueux.

Il traîna un peu sur le chemin de la salle d'attente. Il le faisait consciemment – du moins jusqu'à ce qu'il passe devant une porte bien particulière.

VERBEENA BEEKS
MÉDECIN, PSYCHOLOGUE, P.D.B.
LE DOCTEUR EST TOUJOURS LÀ.

La porte s'ouvrit comme par miracle. *Ziggy, tu m'as dénoncé, sale rapporteuse !* se dit Al, mais, par pur réflexe humain, il jeta un coup d'œil à l'intérieur.

Verbeena, assise à son bureau, le regardait bien en face. Elle arqua les sourcils, fit une moue de ses lèvres de rêve et appuya sur un bouton pour refermer la porte.

– Ouais, c'est ça, c'est ça, marmonna Al en allongeant le pas vers le bout du couloir. Syndrome d'évasion chronique. Je connais.

P.D.B. signifiait : pas de baratin.

Les psys rendaient Al nerveux, par principe. Ou du moins jusqu'à ce qu'un psy miniature qui avait

125

son franc-parler lui ait fait toucher du doigt quelques vérités sur lui-même, Tina et Beth. La simple évocation du nom de sa première femme restait pénible, mais il constatait que ses souvenirs ne le paralysaient plus autant. Il pouvait même sourire – parfois – en repensant à elle.

Et pourtant... il l'aimerait toujours, avec la passion du jeune homme qui l'avait épousée et la tendresse de l'homme plus mûr qui était revenu pour découvrir qu'elle n'était plus là. Il resterait à jamais convaincu que ce qui les avait liés se serait épanoui – si seulement on leur avait permis de continuer.

Beth...

Non, se répéta-t-il fermement, il ne souffrait plus autant. Mais rien n'apaiserait jamais totalement sa douleur.

Cependant, il ne put s'empêcher de sourire en évoquant à nouveau l'image de la petite bonne femme trépidante et dynamique, et les sages conseils qu'elle avait dispensés sans s'embarrasser de circonlocutions. C'était drôle : elle avait porté l'aura de Sam et s'était exprimée avec sa voix, mais Al n'avait perçu qu'une femme minuscule à la tignasse ébouriffée, n'avait entendu qu'une voix de soprano, aiguë, avec un accent bien particulier.

C'était la seule fois que c'était arrivé.

Au début, ils avaient pensé que seule la conscience de Sam effectuait le bond dans le temps, et que le corps en salle d'attente était le sien. Visuellement, c'était évident. La théorie de base laissait prévoir que le corps de Sam resterait sur place tandis que son essence – son âme, son esprit, sa conscience, selon le terme qu'on préférait – partirait ailleurs.

Ils avaient tous été stupéfaits quand Verbeena leur avait annoncé que si le corps ressemblait à celui de Sam, ce n'était pas lui.

Ziggy était intervenue sur un petit ton satisfait : elle aurait pu le leur expliquer, avait-elle dit, s'ils avaient pensé à lui poser la question. Al avait menacé de la débrancher. Elle avait rétorqué qu'elle n'avait pas de prise d'alimentation ; il avait répliqué qu'on pouvait y remédier. Elle avait finalement compris et s'était tue.

Sam n'avait été lui-même que deux fois, depuis. Une fois, sa conscience s'était transmutée dans son corps d'adolescent – et le gosse dans le corps adulte de Sam avait fichu une trouille bleue à Al en l'appelant par son nom. Prévisible, selon Ziggy, quand neurones et mésons étaient identiques, simplement plus jeunes d'une trentaine d'années ; ils s'étaient mélangés au cours de la transmutation. L'équipe avait temporisé pendant plusieurs jours, redoutant de voir Sam acquérir certaines connaissances de façon prématurée. Par chance pour leur tranquillité d'esprit collective, c'était un enfant dont on pouvait aisément détourner l'attention : on l'avait distrait avec de la nourriture, un Pac-Man antédiluvien, le panier de basket et le ballon récupérés dans le bureau de son moi adulte, et plusieurs tests de Q.I.

Comme on pouvait s'y attendre, les résultats des tests avaient pulvérisé tous les records. Verbeena avait passé le mois suivant à analyser le bilan et à rédiger un mémoire (« Essai sur la frustration : comparaison entre les intelligences adolescente et adulte d'un sujet dont le Q.I. ne peut être évalué ») pour un journal spécialisé, qui avait rejeté son travail en suggérant qu'elle devrait cesser de propager des contes de fées. Elle avait résilié son abonnement sur-le-champ.

Sam était rentré chez lui une fois. L'espace de douze heures, il avait réintégré son époque.

Depuis, Donna avait arrêté de fréquenter la salle d'attente.

Sammy Jo (ou, pour employer une appellation plus respectueuse, Samantha Josephine Fuller, titulaire d'une maîtrise en physique) passait quand elle avait le temps, et Al était quasiment certain qu'elle tenait Donna au courant. Il se demandait parfois si elle avait deviné la vérité, si elle savait que c'était le visage de son père qu'elle voyait, sa voix qu'elle entendait, même si l'homme lui-même n'était pas réellement présent.

Mais jusqu'à ce que Sam ait vécu le saut dans le temps au cours duquel Abigail Fuller et lui avaient conçu Sammy Jo, elle n'avait pas existé pour collaborer au projet qui lui avait donné la vie. Si des doutes avaient encore subsisté quant à la localisation du corps réel de Sam au cours d'une transmutation, l'existence de sa fille les aurait immédiatement balayés.

Pour sa part, Al avait la cervelle en feu chaque fois qu'il tentait de suivre les méandres et les retours en arrière du temps. Il préférait donc ne pas y songer.

S'il traînait parfois sur le chemin de la salle d'attente, il ne l'évitait jamais complètement. Il s'y rendait chaque jour. Chaque jour. En ce moment, il se tenait sur le seuil et regardait Philip Larkin se servir des longues mains fines de Sam Beckett, des mains de musicien, pour entrer des données sur un ordinateur portable datant de 1992 – une vénérable antiquité. Al avait appris désormais à chercher les signes qui indiquaient que ce n'était pas Sam qui habitait ce corps : la façon de pencher la tête, certains gestes, des moues et des expressions qui n'appartenaient pas à Sam.

Mais de temps en temps, quelqu'un faisait quelque chose – un sourire, le plus souvent – qui était du pur Sam Beckett. « Physicalité résiduelle », selon Verbeena, tout comme Sam rencontrait des traces rémanentes de personnalité dans le corps d'autrui. En ce moment, par exemple, Philip Larkin leva la tête, et ses sourcils s'arquèrent d'une façon tellement évocatrice de Sam que le sourire poli et la mâchoire d'Al se crispèrent. Pas étonnant que Donna ait interrompu ses visites ici. Si Al trouvait de tels moments troublants, ils devaient représenter une véritable torture pour Donna.

Pourtant, ce soir, elle était là. A 2 heures du matin, ou presque, heure locale du Nouveau-Mexique.

Al l'observa de profil, en se souvenant de l'apparence qu'elle avait lors d'une des premières transmutations – une belle jeune fille de dix-huit ans. Des

129

années la séparaient encore de la femme qui avait abandonné Sam devant l'autel. Mais les choses avaient changé, et c'est Sam qui avait eu l'initiative des changements. La femme assise là, en grande conversation avec Philip Larkin, était Donna Elesee Beckett, celle qui était destinée à aimer Sam depuis toujours.

Enfin, presque.

Car une patine de tristesse affectait sa beauté brune. De tristesse, mais pas d'amertume – pas Donna. Même si en quatre ans elle n'avait passé que douze heures avec son mari ; même si elle savait, pour toutes les autres femmes (un nombre restreint – Sam n'était pas fait ainsi – mais encore assez nombreuses pour donner à n'importe qui d'autre des aigreurs d'estomac et des raisons d'être jalouse) ; même après sa séparation et malgré sa solitude, elle n'éprouvait aucune amertume. Donna n'était pas faite ainsi.

Elle avait arraché toute l'histoire à Al, peu de temps après que celui-ci, revenu du passé, l'eut découverte dans la salle de contrôle où elle était un rouage initial du projet Code Quantum, soutenant et encourageant le génie de Sam. Les propres souvenirs d'Al avaient été subitement bouleversés. Pour la première fois, il avait ressenti un choc psychologique sérieux.

Les premières transmutations de Sam avaient concerné des gens qui n'avaient pas affecté de façon significative l'existence d'Al. Il n'y avait aucun souvenir à rectifier. En découvrant Donna, inquiète et tendue, pendant que Ziggy remuait temps et espace à la recherche de Sam, Al avait mal réagi – euphémisme !

Le dernier souvenir qu'il avait gardé d'elle remontait au 4 juin 1984, la nuit avant le mariage. Après les préparatifs du repas de noces, Al avait enlevé Sam pour lui faire vivre un mémorable enterrement de sa vie de garçon. Après, plus rien. Sam n'avait plus jamais prononcé son nom. Et maintenant, avec une brutalité traumatisante, il voyait une image de Donna en robe de mariée, avec des kilomètres de soie blanche tombant en cascade sur le sol de la chapelle de la Vieille Mission, à Taos.

Au cœur de son désarroi, une vieille tradition lui trottait dans la tête : *quelque chose de vieux* (le voile de dentelle de sa grand-mère), *quelque chose de neuf* (le cadeau de mariage de Sam, de petites boucles d'oreilles en diamant), *quelque chose d'emprunté* (le collier de perles de la mère de Donna), *quelque chose de bleu, et un cadeau* (un mouchoir brodé de bleu offert par Al, et qui avait appartenu à sa grand-mère). Les initiales correspondaient – D. E., Dorotea Ebruzzi et Donna Elesee. Il se souvenait encore de le lui avoir donné ce matin-là, juste avant de quitter la chambre où elle était en train de s'habiller, pour aller prendre place aux côtés de Sam et attendre que Donna descende d'un pas gracieux l'allée centrale de la nef...

Mais il ne lui avait rien offert, parce qu'on n'avait pu la trouver nulle part, et qu'il était resté aux côtés de Sam pendant une bonne heure avant qu'il ne devienne évident que Donna ne viendrait plus...

Et pourtant, elle était là, un anneau d'or au doigt – l'alliance que Al avait feint d'avoir perdue, avant de fouiller fébrilement dans ses poches sans la trouver, sous le regard meurtrier de Sam, tandis que Donna réprimait un fou rire...

Sa poche revolver, il s'en souvenait. Il avait glissé la petite bourse en velours contenant les alliances dans sa poche de derrière – heureusement, il l'avait finalement retrouvée. Sam aurait bien été capable de l'étrangler...

Un nouveau flot d'images le submergea, le faisant chanceler, mentalement et physiquement, incapable d'accepter la présence de Donna. Il avait reculé, tremblant de tous ses membres, transpirant à grosses gouttes, en état de choc. C'était la seule fois que Verbeena avait élevé la voix, pour hurler à Tina et à Gushie de venir l'aider à sortir Al de là.

Dans un endroit raisonnablement tranquille, tandis que Verbeena lui parlait pour le calmer, Al s'était peu à peu accoutumé à la situation. Les nouveaux souvenirs s'étaient mis en place, les anciens s'étaient éteints. Il avait dormi quelques heures. A son réveil, son esprit avait fait l'intégration. Plus ou moins.

Plus tard, bien plus tard, Donna était venue le trouver. Et il lui avait tout expliqué.

Absolument tout. En commençant par le tourbillon de la rencontre avec Sam. Leur amour, leurs fiançailles et l'abandon de Sam devant l'autel. Jusqu'au professeur de littérature anglaise alcoolique qu'avait été Sam quand il avait réuni Donna et son père.

Elle écouta sans rien dire, en faisant distraitement tourner son alliance sur son doigt. Quand il eut enfin terminé, elle resta un long moment silencieuse.

Enfin, elle murmura :

– Alors, je n'aurais jamais eu nos années de vie commune, sans cet engin qui me l'a enlevé ?

Al se racla la gorge.

– Oui, je suppose qu'on peut voir les choses sous cet angle.

– Est-ce qu'il se souvient de moi, Al ? Comme nous sommes maintenant, je veux dire ?

– Lors de sa première transmutation, il avait oublié jusqu'à son propre nom. Tina et Gushie sont catégoriques : les problèmes techniques de la machine ne sont pas en cause. Ça ne devrait pas arriver. Il devrait pouvoir se souvenir.

– Mais il oublie. (Elle leva la tête, ses yeux noirs emplis d'une étrange sérénité.) Ça vaut probablement mieux.

– Probablement...

Al était bouche bée.

– Il ne faudra jamais lui parler de moi. Promets-le-moi.

– Donna...

– Promets-le, Al. Cette amnésie doit avoir une explication. Si ça ne vient pas du projet, alors quelque chose d'autre fait en sorte qu'il ne se souvienne que du nécessaire.

– Quelque chose d'autre ? s'étrangla Al. *Et quoi donc ?*

– Si je le savais, déclara-t-elle avec une soudaine fureur, j'irais lui dire que je suis prête à tout pour récupérer mon mari !

C'était la première fois qu'Al avait envisagé que quelque chose – ou quelqu'un – pouvait jouer un rôle dans les ratés de leur expérience de voyage dans le temps. Il lui avait fallu longtemps avant de reconnaître que, vue sous un certain angle, l'expérience avait été un succès complet.

– Al ?

Il revint instantanément au présent. Donna se tenait devant lui, très belle, à peine un peu triste.

– Je venais simplement me renseigner sur l'état de santé de Philip. Quelles nouvelles ?

Elle désigna Philip d'un haussement d'épaules. Le corps de Sam, debout devant la table miroir, contemplait ses profondeurs. La tenue blanche soulignait la mèche argentée dans ses cheveux châtain clair. Al se demanda si on verrait apparaître la même mèche blanche précoce chez Sammy Jo, avec le temps. Elle ressemblait tellement à Sam, parfois...

Et après ce fameux bond – le triple jeu, comme Gushie l'avait appelé –, ils avaient tous compris pourquoi. Tous, à l'exception de Sammy Jo. Donna avait demandé à l'équipe au grand complet de faire une promesse solennelle. Il y avait eu quelques protestations (« Mais est-ce qu'elle n'a pas le droit de savoir ? »), mais tout le monde avait donné sa parole.

C'était la solution la plus sage, tant que Sam

n'était pas rentré. Peut-être était-ce cette sagesse qu'Al appréciait par-dessus tout dans la présence de Donna sur le projet. Sam était un esprit comme on n'en rencontre qu'un par génération ; Tina se situait juste quelques échelons plus bas que lui sur l'échelle du Q.I. ; Gushie était un prodige de l'informatique ; Verbeena soignait leurs âmes trop humaines. Mais Donna possédait une sagesse franche et tendre dont ils avaient tous besoin. Al n'aimait pas envisager ce qu'ils seraient devenus sans elle. En perdant Sam, ils avaient perdu le directeur du projet, leur principal cerveau et un ami – mais Donna avait perdu son époux. Si elle était capable de continuer, l'équipe le pouvait aussi. Dans une autre tranche de temps, ils s'étaient effectivement débrouillés sans elle. Mais ce souvenir s'estompait, heureusement.

– Est-ce que Philip a trouvé quoi que ce soit qui ressemble au condensateur ? s'enquit Al.

Donna haussa les épaules.

– Il est dans le même état que Sam – sa mémoire est pleine de trous et de blancs. D'ailleurs, il n'a encore rien inventé. Il ne peut pas se souvenir de grand-chose.

– Et toi, comment ça va ? demanda Al.

– Moi ?

Elle eut une expression de légère surprise.

– Je m'inquiétais un peu, avoua Al. Tu n'étais pas venue ici depuis longtemps.

Elle affronta son regard.

– C'est vrai, je suppose.

Alors que fais-tu ici, maintenant ? Et à cette heure

de la nuit ? Al était incapable de poser ces questions. Mais elle les lut quand même dans ses yeux et sourit.

– Philip Larkin représente notre meilleur atout jusqu'ici, Al.

Il hocha la tête, tout en sachant bien que cela n'expliquait qu'en partie la présence de Donna. Ce que Sam – dans la peau du Pr Bryant – avait fait comprendre à Donna, c'est qu'il valait mieux affronter sa peur que de laisser ce sentiment diriger sa vie. Ce que Donna craignait le plus au monde, c'était d'être abandonnée par quelqu'un qu'elle aimait. En renouant le contact avec son père, elle avait guéri son traumatisme d'enfance. Elle avait pu avoir confiance dans l'engagement que prenait Sam envers elle ; elle-même s'était engagée en l'épousant, au lieu de s'enfuir le jour de leur mariage.

Et elle avait été abandonnée à son tour.

Deux fois, songea Al. La première, quand Sam avait pénétré dans l'accélérateur. Et la deuxième, quand Sam avait recommencé, pour sauver la vie d'Al.

Mais la Donna actuelle, changée par les altérations temporelles que Sam avait provoquées, ne fuirait jamais plus. Elle avait peut-être tardé à revenir dans cette pièce, et Al savait le courage dont elle avait dû faire preuve pour y remettre les pieds. Mais elle était revenue, enfin – pour affronter son chagrin et sa solitude en faisant face à un nouvel étranger qui avait le visage de Sam.

Il m'est revenu une fois, Al. Il me reviendra encore.

Et maintenant, Al devait lui parler d'Alia, qui voulait la mort de Sam.

A mi-chemin de ce récit, Donna enfonça les poings dans ses poches et regarda fixement le parquet. Al acheva son rapport et attendit qu'elle parle.

– D'une certaine façon, je m'y attendais, soupira-t-elle enfin. Et tu penses vraiment qu'elle est là pour tuer Sam ?

Il répugnait à tout lui dire, mais il fallait qu'elle soit au courant.

– Elle a déjà essayé.

– Et échoué.

– Ce n'est pas une garantie.

Il fouilla dans ses poches à la recherche d'un cigare et se souvint que Donna en détestait l'odeur, et que Philip avait éternué une demi-heure lors de sa dernière visite.

– Nous ne savons rien sur Alia, poursuivit-il. Qui la contrôle, d'où elle vient ? Et de quelle époque ? C'est Sam qui a posé cette question, et ça m'a fichu une belle frousse. En plus, nous ignorons ce qui est arrivé à Alia à l'issue de notre dernière rencontre. Moi, je la croyais bel et bien morte. Sam également.

– Non, Al. Il voulait peut-être s'en persuader, ou du moins la partie de lui-même qui a peur d'elle. Morte, elle ne présenterait plus aucun danger pour lui. Mais vivante, il pourrait l'aider. La libérer.

Al se frotta la nuque. Ses muscles commençaient à se crisper, un signe évident de tension.

– Sam et son fichu complexe du saint-bernard !

Avec un léger rire, elle vint se placer derrière lui et commença à lui masser les épaules.

– Oh, Al ! Personne ne voudrait le voir changer, et surtout pas toi !

– Ouais... (Il ferma les yeux.) Bon sang, ça fait du bien.

Ils restèrent silencieux un moment. Puis Donna dit d'une voix douce :

– Merci pour les roses.

Il se félicita qu'elle soit derrière lui et ne puisse pas voir son visage.

– Sam m'avait laissé des instructions, lors de sa dernière visite.

Les pouces de Donna s'immobilisèrent sur les vertèbres.

– Et il a écrit la carte ? poursuivit-elle.

– Hmm, hmm.

– Dois-je m'attendre à la même chose en juin, pour notre anniversaire de mariage ?

– Je suppose.

Il avait une peur bleue qu'elle lui demande combien de cartes Sam avait écrites cette nuit-là, pendant qu'elle dormait. *Au cas où je ne reviendrais pas tout de suite à la maison*, disait le billet qu'il avait adressé à Al.

« *Pas tout de suite* » – *Bon Dieu !*

– En revenant ici, il savait déjà qu'il repartirait, murmura Donna, pensive. Pas consciemment, peut-être, mais... La seule solution pour te ramener était de prendre ta place. Il était prêt à affronter les ris-

138

ques du programme de récupération, mais il ne voulait pas te les faire courir.

– Donna... commença Al.

Puis il s'interrompit, la gorge serrée par un douloureux sentiment de culpabilité.

– Al, comment peux-tu croire que tu es en faute ? (La voix de Donna changea, plus légère et presque badine, tandis que ses doigts exploraient ses omoplates.) Tu as les muscles très noués. Je crois que c'est un travail pour Tina.

La suggestion ne manquait pas d'attraits. Mais Al ouvrit les yeux et son regard tomba sur Philip Larkin : toujours désorienté, apeuré, prêt à aider mais incapable de le faire. Dans moins de deux ans, cet homme mourrait d'un accident qu'on pouvait aisément éviter. Sauf que demain, Sam serait mort et que Philip ne rentrerait jamais chez lui.

– La seule pensée d'Alia fait passer Ziggy en surcharge sensorielle.

– J'en ai discuté avec elle lors de la première rencontre de Sam avec Alia. Enfin, j'ai essayé. (Donna appliqua une dernière tape sur l'épaule d'Al et le prit par le bras pour le conduire à la porte.) J'ai quelques soupçons sur l'origine des cellules nerveuses que Sam a utilisées pour mettre Ziggy au point, tu sais. Je trouve que le culot incroyable de Ziggy a de fortes ressemblances avec le vôtre !

Heureux de voir Donna sourire, Al l'imita.

– Je prendrais ça comme une insulte, si tu n'insultais pas Sam par la même occasion !

Les yeux de Donna pétillèrent de malice.

– Al ! Mais c'était un compliment !

Elle le poussa vers la porte.

– Allez, va retrouver Tina.

– Il faudrait que je revienne discuter avec Sam.

– Tu devrais dormir un peu. Ou aller au lit, en tout cas.

Un clin d'œil, et la porte coulissante les sépara.

10

Quand on connaissait le nom de Ligue de Cynthia Mulloy, sa tente bleu pâle était facilement identifiable. A l'extérieur, pendus aux piquets de la tente, aux arbres et à un portemanteau de bois, se balançaient une douzaine de carillons éoliens. La brise nocturne faisait tintinnabuler leurs verres colorés et danser des oiseaux exotiques, des anges ailés et des formes géométriques abstraites.

A l'intérieur, la tente était meublée d'objets faciles à transporter en voiture : un lit de camp et un sac de couchage, une chaise et une table pliante. La seule note d'élégance un peu excentrique venait d'un tapis navajo jeté sur la toile de sol : il était rouge sombre semé de bleu, de vert et de jaune.

Sur la table était répandu un désordre de fils métalliques, de pinces, de perles et de lames de verre multicolore, qui brillaient dans leurs châsses de plomb. Une dizaine de carillons éoliens achevés étaient accrochés à l'armature de la tente. La lumière d'une bonne vingtaine de bougies bleues – grands cubes trapus ou cierges élégants – se reflétait sur les carillons muets. Des ombres projetées par les flammes dansaient sur les parois de toile et sur la mince silhouette de la femme étendue sur le lit.

Alia se reposait sur ses coussins brodés, la coiffe de cristal de Cynthia emmêlée sur la table, la robe bleue de Cynthia piétinée et oubliée sur le tapis. Alia portait une camisole qui lui descendait jusqu'aux chevilles, avec des manchettes ornées de rubans, et un ourlet bouillonnant de dentelles. Opaque et chaste, c'était le plus innocent des vêtements. Elle l'avait choisi pour cette raison précise.

Un bref passage en revue des possessions de Cynthia lui avait beaucoup appris sur son hôtesse. Depuis le contenu de sa trousse de maquillage jusqu'au manuscrit en partie corrigé rangé sous le lit de camp (un incroyable ramassis de clichés sur les dragons), tout indiquait que cette femme avait deux natures. L'une était professionnelle jusqu'au bout des ongles et l'autre profondément romantique. Après avoir examiné la tente de Cynthia, Alia avait admiré en son for intérieur l'équilibre harmonieux instauré entre ces deux facettes, une harmonie que mettait en évidence le mariage d'un mobilier robuste et pratique et de cette féerique profusion de chandelles. Même la chemise de nuit était révélatrice de son caractère : très belle et ornée de dentelles, tout en demeurant d'une fraîcheur confortable pour une tiède nuit d'été.

Alia songea qu'intégrer tous les aspects d'une seule personnalité avec une telle aisance naturelle devait être bien agréable. Comme dans un carillon éolien : des morceaux de verre distincts qui tournaient quand le vent soufflait sur chacun d'eux, et pourtant tous découpés dans la même vitre et produisant une harmonie de tintements.

S'il ne s'était pas agi d'un hologramme, les allées et venues de panthère en cage de Zoey auraient provoqué un véritable chahut cristallin. Alia la regardait à travers un verre écarlate. Etrange, se dit-elle, comme un hologramme peut émettre des ondes d'impatience et de nervosité ; on aurait pu penser qu'il fallait une présence effective pour obtenir un tel effet. Mais, après tout, les cerveaux d'Alia et de Zoey étaient connectés.

Alia savait même ce que Zoey se préparait à dire.

– Beaucoup de choses dépendent de cette mission, Alia. Tu as intérêt à ne pas faiblir au dernier moment. Tu m'as déjà fait le coup...

Prévisible. Comme la réponse d'Alia – la seule qu'elle pouvait faire.

– J'ai retenu la leçon. Lothos y a veillé.

– Chérie, je t'en prie ! (Dans sa combinaison de sport mauve, Zoey eut un frisson.) Faut-il vraiment revenir là-dessus ?

Alia haussa les épaules. Elle jeta le morceau de verre en l'air, le rattrapa et le lança à nouveau. Le risque de s'entamer les doigts sur les bords aiguisés ne la troublait pas. Elle savait ce qu'elle faisait.

Zoey ne partageait pas sa confiance.

– Je dois dire que tu es bien calme. Et, tout bien considéré, je ne vois pas ce qui motive cette sérénité. Tu n'as pas été choquée de retomber sur lui ?

– Tu m'avais avertie de sa présence. (Elle regardait voler l'éclat rouge, mince et incurvé comme une plume perdue par un oiseau tropical.) Je savais où je mettais les pieds avant même d'arriver.

– Un voyage de reconnaissance très efficace, reconnut Zoey avec un petit rire. Et cette fois-ci...

– Mmm. Cette fois-ci.

Alia approcha le verre d'un de ses yeux, et contempla la clarté des flammes par transparence. Elle aurait pu toutes les éteindre en soufflant doucement dessus, mais les allées et venues de Zoey ne les faisaient pas vaciller. Ici, Zoey n'avait aucun pouvoir. Elle avait besoin qu'Alia fasse le travail à sa place.

Le travail de Lothos, se répéta Alia. Et elle se demanda quelle pouvait être la mission de Sam Beckett, cette fois-ci. Elle se demanda s'il suffirait de l'empêcher d'y parvenir.

Peut-être sous l'influence de cet environnement médiéval, Alia songea soudain que Sam Beckett ressemblait à une lame d'épée : un acier robuste, brillant et poli, au fil net – une arme de défense qui pourrait la libérer en tranchant ses liens... et pourtant assez puissante pour causer sa mort.

Zoey interrompit à nouveau le cours de ces pensées.

– Tu m'intrigues, mon chou. Qu'est-ce qui t'a donné l'idée de les pousser à se battre ? C'est un véritable trait de génie !

– Ça m'a semblé s'imposer, compte tenu des circonstances. (Elle sourit pour elle-même.) Et je me suis dit que ça amuserait Lothos.

– Ça n'a pas eu l'air d'amuser le succulent Dr Beckett.

Zoey traversa un carillon éolien suspendu au centre de la tente. Aucun mouvement, aucun son. Un fantôme aurait eu plus d'effet. Mais un fantôme n'aurait pas été en liaison étroite avec Alia, un fantôme n'aurait pas été le point focal des énergies qui l'enveloppaient et la faisaient aller et venir dans le temps – ou vers un enfer qui terrifiait même Zoey.

Alia se dit qu'elle aimerait être un fantôme. Etre morte. Pour de bon, de façon claire et définitive, au lieu de se voir refuser toute chance de vivre. C'était une idée intéressante. Morte, elle serait libérée de tout cela. Peut-être connaîtrait-elle enfin un peu de paix.

Zoey ne lui en donnait aucune.

– Ce superbe gaillard musclé – comment s'appelle-t-il, déjà ? Roger. Il va transformer Sam en chair à pâté, demain. Je meurs d'impatience. Et tout ça pour la vérité, la gloire et l'honneur ! Les hommes sont si délicieusement bêtes, tu ne trouves pas ?

– Ce sont des notions qui semblent avoir de l'importance pour eux, fit Alia, rêveuse. La gloire, l'honneur...

– Pour Beckett, ça ne fait aucun doute. Il croit en tous ces jolis mots qui ne signifient rien, en fin de compte. (Elle pivota brusquement pour faire face à Alia.) Mieux vaudrait qu'il ne vienne pas te rendre visite cette nuit, ma chère Alia. Il risque de poser une foule de questions ennuyeuses. Tu ne peux pas lui dire la vérité. Et n'espère pas réussir à l'embobiner, cette fois-ci.

Alia réprima un soupir. Si seulement Zoey pouvait s'en aller et la laisser seule, lui laisser une heure ou deux de paix.

– Tu veux dire : que je me mette à pleurnicher en sa présence. Zoey, *très chère,* c'est exactement mon intention.

– Quoi ? explosa Zoey. Tu es folle ? Tu veux que ça tourne à nouveau au fiasco ?

– D'après toi, cet après-midi, il était en pleine crise d'autolamentation.

Alia haussa les épaules et n'ajouta rien ; que Zoey réunisse elle-même tous les éléments. Elle observa à travers le verre écarlate un début de compréhension sur le visage de l'hologramme. *La vie en rose ?* Le réalisme balaya aussitôt cette pensée badine. *Ce n'est pas du rose, mais du rouge sang. Le sang de qui, Sam ? La dernière fois, c'est moi qui ai versé le mien.*

– Oui, je comprends ! (Zoey éclata de rire.) L'idée ne manque pas de potentiel ! Alia, crois-tu que nous pourrions...

– Si seulement je disposais d'un peu plus de temps... (Zoey ne percevrait jamais l'ironie amère des paroles d'Alia. Pour cette dernière, le temps n'était pas un cadeau. Ne l'était plus.) Je ne sais pas s'il est prêt. (*Ni même s'il le sera jamais – je ne le trouve pas vraiment désabusé.*) En dépit de la scène que tu as pu surprendre, sa foi reste solidement che-villée.

– Si seulement Lothos pouvait nous débarrasser de son partenaire. (Reprise par son impatience, Zoey recommençait à arpenter la tente.) Qu'il puisse per-dre tout contact avec son point d'origine – il se sen-tirait encore plus isolé, pauvre agneau. Et il ne dis-poserait plus de pronostics susceptibles de le guider. Ah ! Pouvoir éradiquer cet hologramme qui se mêle de tout... Je serais aux anges !

Alia arrangea des coussins moelleux sous sa tête.

– Ça pourrait aider. Mais je crois que le véritable problème vient de ce qu'il voit quand il me regarde. C'est très gênant qu'il soit capable de me reconnaître si vite, Zoey. Voir ce que je suis, et non ce que je suis devenue.

– Excellente suggestion ! Je vais demander à Lothos de se livrer à quelques simulations. Ce devrait être très amusant : tromper Beckett en même temps que tout le monde. Il y a des moments où je t'envie, Alia.

Oui, Zoey était bien capable de lui envier sa place. Alia réprima un éclat de rire.

Zoey se prépara à partir, à convoquer le tourbillon qui la ramènerait auprès de Lothos. Elle s'interrom-pit, les doigts en suspens au-dessus de son terminal, comme des serres.

– Notre justicier d'amour sait déjà qui tu es, cette fois. A nous de garantir qu'il n'y aura pas de pro-chaine rencontre.

– Je sais. C'est simplement une idée qui m'est

venue. Ça pourrait m'être utile au cours de cette petite confrontation.

– Je ne comprends pas.

– Contente-toi de vérifier auprès de Lothos si c'est possible. Tu l'as dit toi-même, ce serait amusant que mon aura abuse également Sam.

Zoey tapa le code final.

– Nous avions probablement de trop vastes ambitions en espérant convaincre le sirupeux Dr Beckett de changer de camp, pour ainsi dire. A tout à l'heure, mon chou.

Longtemps après le départ de Zoey, Alia observa les flammes de ses chandelles ; calmes, lumineuses, luisant comme autant d'épées d'or blanc. Elle finit par murmurer :

– *Nous*... Comme si elle partageait vraiment l'horreur de ma situation.

Elle se leva, parcourut toute la tente en éteignant chaque flamme entre le pouce et l'index, une à une. Quand elle parvint enfin à la dernière, fine, mince et bleue, plantée dans un bougeoir de bois posé sur la table, le bout de ses doigts était noirci de suie ; sa peau était brûlée. Mais ce n'était rien. Elle connaissait la vraie douleur. Elle ne cherchait qu'à se rappeler le prix d'un nouvel échec.

Elle regarda la chandelle jusqu'à ce que la flamme soit presque gravée sur sa rétine. Mais elle ne voyait que Lothos, sinistre et terrible. Et Thames, caché dans l'ombre des arcs-en-ciel, et son immense sourire quand on lui demandait d'employer avec subtilité une puissance sans bornes. Lothos semblait omnipotent, mais il avait quand même besoin d'instruments pour accomplir son œuvre. Jadis, son offre avait paru être la seule issue pour échapper à un enfer bien spécial.

C'était avant qu'Alia n'apprenne ce qu'était vraiment l'enfer.

Elle ferma ses paupières de toutes ses forces ; la flamme continua à brûler sous son crâne. Elle aurait tant voulu redevenir elle-même. Alia, et rien de plus qu'Alia, malgré toutes ses faiblesses, toutes ses fautes...

Mais si elle ne pouvait pas recouvrer son passé, mieux vaudrait sans doute devenir un fantôme. Mourir, être libre... Trouver une forme de paix...

Tu ferais cela pour moi, Sam ? Est-ce que tu me tuerais, si je te disais que ma liberté en dépend ?

Il ne comprendrait jamais. Jamais la mort ne serait une option pour lui. Il voulait retrouver sa vie. Sa propre vie. En dépit de toutes ses luttes, de tous ses doutes, Sam Beckett croyait au bien-fondé de sa quête. Malgré toutes les faiblesses de Sam, toutes ses fautes, Alia n'en imaginait aucune qui puisse entamer le fil de cet acier parfait, ou ternir son éclat.

Pourtant, les buts de Sam et d'Alia convergeaient sur un point. Elle voulait redevenir Alia. Il voulait être Sam.

– Nous sommes bien semblables, murmura-t-elle en ouvrant les yeux.

Trouvant des allumettes sur la table, elle ranima la flamme d'une lampe tempête posée sur une chaise. Les deux clartés brûlaient de part et d'autre de la tente.

– Nous nous comprenons, Sam.

Elle se recoucha sur le lit de camp après avoir choisi une dizaine de morceaux de verre dans la pile répandue sur la table. Elle étudia les deux flammes à travers les verres, un par un, une couleur à la fois, jusqu'à ce qu'il vienne la retrouver, comme elle l'avait prévu.

11

Quand Al eut franchi le seuil de la chambre d'induction, Sam mena un combat mental bref et indécis. Il l'observa sous son crâne, comme si l'on avait assemblé les divers protagonistes sur un échiquier. Ils n'étaient pas représentés par les pièces traditionnelles. En fait, on aurait dit que les toutes dernières figurines de la collection Combat médiéval (cinquante-neuf dollars quatre-vingt-quinze, frais de port et d'emballage non compris ; disponible uniquement par correspondance) s'étaient animées en un rêve éveillé.

Philip Larkin et Roger Francs étaient vêtus de cottes de mailles étincelantes, leurs épées, leurs boucliers et leurs heaumes brillaient comme des miroirs sous les feux d'un soleil estival. Cynthia Mulloy occupait la case de la reine blanche, dans une somptueuse tenue de velours rose parée de cristaux, un énorme manuscrit à la main. Et plus loin, Alia, ressemblant de façon étonnante à Jeanne d'Arc (la seule référence de femme en armure qui soit venue à l'esprit de Sam – mais Alia figurait-elle un cavalier ou un pion ?). Derrière elle, dans des ombres multicolores, se dissimulait son contrôleur, sur la case de la reine noire. Sam lui-même était à cheval au beau milieu de l'échiquier – et par fantasme romantique ou distance ironique, son fier palefroi et son armure luisante étaient d'un blanc de neige.

Philip et Roger échangèrent des invectives, avancèrent et reculèrent sans tenir compte des règles en vigueur. Cynthia les apostropha tous deux avec une créativité digne d'éloges. Alia entama une progression inexorable, une case noire, une blanche, puis encore une noire, son armure sonnant à chaque pas, un arc-en-ciel flottant à la pointe de sa lance d'acier comme un étendard de guerre. Sam éperonna sa monture, d'abord dans une direction, puis dans une autre, déchiré par le doute. Fallait-il empêcher Philip et Roger de s'étriper ? Ou courir sus à Alia pour livrer leur duel personnel ? Quand le condensateur de Larkin – un objet bleu, noir et jaune, crachant des étincelles avec un bourdonnement qui évoquait un million d'abeilles en fureur – se matérialisa et menaça de l'attaquer par le flanc, Sam jeta l'éponge et quitta le champ de bataille.

Mais il ne pouvait pas se permettre d'imiter le bouillant Achille. Se retirer pour bouder sous sa tente ? Impossible. Aucune action, aucune décision n'était envisageable sans information préalable. Aussi traversa-t-il le campement jusqu'à la tente de Cynthia, et franchit-il en trombe la porte de toile bleue, fulminant d'indignation.

Il se croyait prêt à affronter toutes les ruses d'Alia ; il fut pris de court en la découvrant étendue dans un demi-sommeil, sur son lit de camp, semblable à un doux ange bleu et or, dans sa longue chemise de nuit ornée de dentelles. Elle ouvrit les yeux : des yeux larges, bleus et légèrement embués de sommeil, jusqu'à ce qu'elle le reconnaisse. Un coin de ses lèvres se souleva à peine ; ç'aurait pu être un sourire. Elle se redressa un peu sur ses coussins, et son corps bougea dans un crissement de soie.

— Sam. Je me demandais combien de temps tu allais mettre.

— Que fais-tu ici ? demanda-t-il sans préambule. Non... laisse-moi deviner. Ton unité d'intelligence artificielle...

— Lothos.

Un sec hochement de tête de la part de Sam.

— Lothos. Il était à ma recherche, c'est bien ça ? Pour pouvoir t'envoyer ici.

— Moi ou quelqu'un d'autre.

— Non, toi. (Il se mit à aller et venir, les talons de ses bottes s'enfonçant dans l'épais tapis navajo dont ils abîmaient la trame.) Nous sommes unis par un lien dont la nature m'échappe. Je l'ai senti la dernière fois, et je le sens encore cette fois-ci.

— Moi aussi, Sam.

Une manche glissa un peu, révélant la courbe

d'une épaule qui évoqua pour Sam des souvenirs veloutés au creux de sa main. Il serra les dents et vit de nouveau cet infime sourire marquer les lèvres d'Alia.

– Et ça t'irrite, non ? Que nous soyons ainsi joints. Mais qui vise cette colère ? Toi ou moi ?

– Contente-toi de confirmer si j'ai raison. Pour que tu puisses me rejoindre, il faut que la personne en laquelle tu te transmutes me touche. (Il parlait trop vite, trahissait sa tension. Mais il ne pouvait plus ralentir son débit ni se taire ; il devait savoir.) Et quand ce contact s'opère, le lien physique focalise ta transmutation. C'est ainsi que ça a dû se passer, la dernière fois.

– Si l'on tient compte de ta célèbre théorie de la mémoire changée en gruyère, il faut que je sois difficile à oublier. Tu me flattes.

Il ignora la pique.

– Cynthia et moi ne nous sommes touchés qu'à un seul instant – et tu es apparue aussitôt après. C'est comme ça que ça fonctionne, je me trompe, Alia ?

– C'est une théorie intéressante, reconnut-elle.

– Mais ça fonctionne bien comme ça, insista-t-il.

– Nous t'avons retrouvé, Sam, voilà la seule chose qui importe – Zoey et moi l'avions promis à Lothos.

– Vous êtes venues pour moi. Pas pour Philip ou pour Roger. Pour moi.

Elle acquiesça, ses cheveux blonds se balançant sur ses pommettes. Elle les repoussa de la main, puis laissa retomber son bras.

– C'est notre point commun, cette fois-ci.

Sam s'arrêta net.

– Que veux-tu dire ?

Mais il avait compris. Oh, que oui !

– Toi aussi, tu es ici pour toi, Sam, dit-elle. Pour changer ta vie.

Il pouvait entendre sa voix quand il avait dit à Al : *Cette fois, cette transmutation est pour moi...*

Il recula d'un pas devant Alia, foulant la robe oubliée de Cynthia.

– Que vas-tu faire ?

– Je sais qui est Philip Larkin – qui il était, corrigea Alia avec un petit sourire. Et ce qu'il a inventé. A propos, comparée à Lothos, votre Ziggy n'est pas très efficace.

– Je ne manquerai pas de lui dire, la prochaine fois que je la verrai.

Alia secoua la tête, comme si Sam était un enfant qui regardait la réponse en face, sans la reconnaître. Ce n'était pas sa faute, pauvre petit, s'il fallait le prendre par la main pour le guider. Son expression ulcéra Sam.

– Tu ne veux pas savoir comment je connais son nom ? insista Alia.

– J'ai dû te le dire.

– Tu crois ?

L'envie irrépressible de la secouer jusqu'à ce que ses dents en claquent fut combattue par un besoin tout aussi impérieux de savoir de quoi diable elle voulait parler avec ce petit sourire narquois. Cet affrontement d'émotions contradictoires le laissa paralysé.

– Tu as dû interroger ta Ziggy à mon sujet, non ? murmura-t-elle.

– Tu...

Sam s'en étrangla.

Lothos le connaissait. Ce fameux « article sur le type du M.I.T. qui s'occupe de physique quantique », une douzaine de reportages et d'interviews supplémentaires – bon sang ! une bonne centaine, accessibles à quiconque savait lire –, ô mon Dieu, Lothos avait accès à tout cela ! A tout ce que Al n'avait pas le droit de lui dire. Toutes ces informations dont l'absence le hantait.

Hier dans l'escalier
J'ai vu un homme qui n'était pas là
Aujourd'hui, il n'était toujours pas là.

Alia en savait probablement plus long sur son compte que lui-même.

Et il éprouva soudain l'abominable tentation de lui poser des questions.

Elle était en mesure de répondre à toutes celles qu'il posait sur le compte des autres, au début d'un saut dans le temps. Qui était Sam Beckett, qu'avait-il fait et quand, où avait-il vécu, étudié, travaillé – sa famille, ses amis –, était-il marié ? Etait-il père ? (Bizarrement, la réponse était *oui* et *non*, simultanément ; avait-il fait quelque chose au cours d'un ou de plusieurs bonds dans le temps pour modifier sa propre histoire ?)

Il ignorait tant de choses. Tant de choses qu'il

avait besoin de savoir. Ne serait-ce que la simple couleur de ses yeux.

– Je te connais, Sam. (La voix d'Alia ; il était déchiré en l'écoutant.) Je sais dans quelles écoles tu as obtenu tous tes doctorats, quel est le plat que tu préfères ou le nom de jeune fille de ta mère, je sais que tu adores jouer au base-ball...

Il ne pouvait presque plus respirer tant son cœur battait la chamade. Elle savait – elle avait accès à des sources intarissables d'informations le concernant –, elle pouvait le renseigner, tout lui dire sur sa vie.

Mais à quel prix ?

– Au basket, corrigea-t-il avec effort. Je faisais partie de l'équipe de basket...

– C'est vrai, répondit-elle en hochant la tête. Mais tu as également joué au base-ball.

– Comme n'importe quel gamin aux Etats-Unis. Déduction élémentaire, Sherlock.

– Pose-moi des questions, Sam. Demande-moi n'importe quoi.

Une seule réponse – demander une seule réponse ne l'engagerait à rien...

Non.

Sam soutint le regard d'Alia avec effort.

– Et tu pourrais me raconter tout ce que tu veux, sans que je sache si tu m'as dit la vérité.

Elle poussa un léger soupir.

– Crois ce que tu veux. Je sais tout sur ton compte, Sam. Mais ça n'a pas vraiment d'importance.

– Qu'est-ce qui en a, alors ?

– Savoir si tu rentreras jamais chez toi.

Ses muscles se contractèrent et il bouscula un carillon éolien.

– C'est pour ça que tu es ici ? Pour m'empêcher de rentrer chez moi ?

– Oh, Sam ! (Son rire bref était presque attendri.) Tu ne comprends donc pas ? Ce n'est même pas la peine.

– Que veux-tu dire ?

– Simplement que nous continuerons à nous rencontrer... de temps en temps.

Elle sourit de son jeu de mots.

– Lothos et toi continuerez à me traquer, à tenter de m'empêcher d'accomplir mes missions. Vous n'avez rien de mieux à faire ?

– Nous n'avons pas de temps à perdre.

Elle se redressa et regarda ses mains, jointes comme pour une prière. La lueur des deux chandelles et leur reflet brillaient sur sa silhouette blanc et or, et sur les éclats de verre coloré posés sur ses genoux.

– Réfléchis, Sam. Rappelle-toi comment je fais pour te retrouver, et ce que ça implique. Tu n'oseras plus jamais toucher quelqu'un pendant une transmutation, de crainte que je n'apparaisse l'instant suivant. Tu n'oseras plus jamais laisser quelqu'un te toucher. Ni par amour... ni pour rompre ta solitude... pas même pour sauver une vie.

– Je n'ai pas peur de toi.

Mais avait-il dit cela pour la convaincre ou pour se convaincre lui-même ? Il continua précipitamment, répugnant autant à approfondir cette question qu'à céder à la tentation d'apprendre ce qu'elle savait ou non sur son compte. (Un visage charmant, une masse soyeuse de cheveux bruns, un amour si fort qu'il avait envie de rire et de danser, de pure joie, chaque fois qu'il la regardait...)

– Tu n'es pas mauvaise, insista-t-il. Lothos, si. Je ne sais pas ce qu'il te force à faire – mais tu n'es pas obligée de lui obéir, Alia ! Tu peux te libérer, ne reste pas un simple pion...

– Et toi ? repartit-elle. Peux-tu te libérer ? Tu es autant prisonnier que moi. Aucun de nous deux ne rentrera jamais chez lui. Nous n'avons que nous.

– Tu as Zoey, réussit-il à dire.

– Et toi, ton ami Al. Ton seul contact avec ton lieu d'origine. Encore quelqu'un que tu ne peux pas toucher. (Alia se mordit soudain la lèvre.) Qu'est-ce que Al et Zoey y comprennent vraiment, Sam ? Ils rentrent chez eux, eux, chaque fois qu'ils en ont envie. Quand ils regardent un miroir, c'est leur visage qu'ils contemplent. Ils n'ont pas à redouter de ne jamais revenir chez eux.

Il savait ce qu'elle était en train de faire. Elle le poussait dans ses retranchements de plus en plus, le faisait douter, jouait sur ses faiblesses, sa solitude, ses amertumes, elle invoquait les noirceurs du désespoir en lui, exactement comme lui en appelait à la lumière qui restait peut-être en elle.

Elle apprenait vite.

– Sam... Est-ce que tu te souviens de *toi* ? De ton

157

apparence ? Sais-tu seulement de quelle couleur sont tes yeux ?

Bon sang – *bon sang !* Elle pouvait le frapper aux points sensibles et elle le savait. Lui aussi. Après tout, il avait utilisé la même technique avec elle. Mais comprendre parfaitement quelle tactique elle employait ne rendait pas la conversation plus facile à supporter.

– Je ne me souviens pas de moi. (La voix d'Alia était un murmure cassant, cerné d'un chagrin qui blessait aussi Sam.) Je ne sais plus à quoi je ressemble.

– Alia...

– Tu es las, Sam. Tout comme moi. Tu me l'as dit. Mais tu ne te révoltes donc jamais ? Tu n'as jamais eu envie de hurler que tu en as assez ? Parfois, je... (Elle s'ébroua, passant ses deux mains dans ses cheveux.) Je hais ce qu'on m'a fait, Sam ! Devoir endurer les caprices de Lothos... Tout ce que je souhaite, c'est...

– Retourner chez toi.

Il s'entendit finir la phrase, avec la même amertume dans la voix que dans celle d'Alia.

– Est-ce tant demander ? l'implora-t-elle, comme s'il était capable d'exaucer son vœu. Etre de nouveau moi-même ? Alia, pas une inconnue – revoir mon visage dans un miroir.

Sam recula d'un pas, puis de deux. Il reconnaissait ses propres paroles, ses propres sentiments...

– Assez, souffla-t-il.

Elle se leva, d'un mouvement vif et fluide. Les

158

morceaux de verre tombèrent en tintant sur le tapis. Le son fit frémir Sam, qui recula contre un nouveau carillon et frémit à nouveau. Alia exhibait en même temps les signes du désespoir et ceux du défi : épaules basses et menton levé, les yeux emplis de larmes de rage et de chagrin. De vraies larmes ? Oui. Mais de vraies émotions ? Il le pensait ; la même douleur lancinante passait par ce qui les réunissait. Mais Alia ne se servait-elle pas d'une peur et d'une tristesse authentiques de la même façon que Roger et Philip s'étaient servis des cheveux blonds et des yeux bleus de Cynthia, pour forger un personnage qui n'avait rien de commun avec elle ?

Elle tendit les mains vers lui, puis les laissa retomber, bras ballants.

— Nous sommes les seuls, toi et moi, à pouvoir comprendre, Sam. Nous sommes les seuls à savoir ce qu'on ressent. Oui, nous sommes liés – mais sais-tu à quel point, et pourquoi ?

Bon sang, elle était habile à ce petit jeu. Vraiment très experte. Il se demanda ce que lui ferait Lothos si elle se montrait maladroite – et décida qu'il ne tenait pas à le savoir.

— Je ne suis certaine que d'une chose, Sam. (Les larmes coulaient sur ses joues, brillant à la lueur des chandelles comme des cicatrices.) Tu as aidé tant de gens – des gens que tu ne connaissais même pas. Je sais que, d'une façon ou d'une autre, tu pourras m'aider. Nous sommes liés pour une raison. Je veux croire que c'est parce que tu es capable de me libérer. (Elle se mordit les lèvres, puis explosa :) Toi seul peux l'accomplir !

Les mots tombèrent de la bouche de Sam comme du sang suinte d'une pierre.

– Par ma... mort ?

– Non ! s'écria-t-elle.

Puis elle enchaîna, d'une voix précipitée, fiévreuse :

– Zoey m'a affirmé que je pourrais rentrer chez moi si je te tue. Mais elle se trompait, Sam. C'est toi qui avais raison – si je te détruisais, je me détruirais par la même occasion.

La réciproque est-elle vraie ? se demanda-t-il en frissonnant.

– Tu es moi, et je suis toi, Sam Beckett. Nous éprouvons les mêmes sentiments de lassitude, de vide – la même colère et le même ressentiment. Nous souhaitons tous deux rentrer chez nous. Rien de plus. Et ils nous le refuseront. Toujours. Nous sommes trop utiles. Nous faisons trop bien notre travail. Mais nous n'avons jamais choisi de l'entreprendre, Sam – ce sont eux qui ont décidé à notre place ! Et ils ne nous libéreront jamais !

Elle avait raison, et pourtant, elle se trompait complètement, il le savait – elle devait se tromper. Il ne savait plus ce qu'il pensait vraiment. Il recula vers le coin de la tente, dans un concert de carillons et de tintements, renversant une chaise quand son pied s'y accrocha par mégarde.

– Alia... Non... Ça ne se passe pas...

Elle semblait curieusement innocente dans sa

robe de dentelle, avec ses yeux bleus pleins de larmes. Elle tendit les mains. Des mains tremblantes comme des oiseaux captifs, affolés. Il comprit alors toute la fragilité d'Alia – un équilibre précaire entre une terreur sans nom et une solitude désespérée, entre les ordres vénéneux de Lothos et le besoin simple, humain, d'être elle-même. Un jour, bientôt peut-être, elle perdrait pied.

Pour le moment, malgré ce qu'on lui avait fait, ce qu'elle avait subi, un vestige de ce qu'elle avait été avant Lothos existait encore au fond de ses yeux. Le vestige qu'il avait atteint, la dernière fois. Mais s'ils étaient deux reflets de part et d'autre d'un miroir, alors Sam pouvait également se voir dans les yeux d'Alia. Elle était l'image de ce qu'il risquait de devenir, s'il permettait à la peur, à la solitude et à la colère de l'engloutir.

– Ils ne nous laisseront jamais rentrer chez nous, chuchota-t-elle. Désormais, mon seul foyer, c'est toi, Sam. Je suis la seule personne que tu puisses toucher.

– Alia...

Elle frissonna.

– Je... je suis la dernière personne au monde que tu aurais envie de toucher, n'est-ce pas ? (Sa voix n'était qu'un souffle. Ses doigts étaient crispés sur la blancheur virginale de sa tenue, chiffonnant le tissu.) Mais... Tu ne comprends donc pas, Sam ? *Tu ne peux plus te permettre de toucher qui que ce soit !*

Avant de s'en rendre compte, il l'avait saisie par les épaules – l'une des deux était nue, pâle et satinée sous sa paume – et elle levait les yeux vers lui, tandis que des larmes cristallines roulaient le long de sa joue.

– Alia... Ce n'est pas... Je ne sais pas comment, mais nous pouvons faire quelque chose, il faut que nous y arrivions !

– Comment ? Quand ? Sais-tu ce que me fait subir Lothos, à chaque échec ?

Il secoua la tête sans mot dire.

– Et même quand il en a fini avec moi...

Elle frémit brièvement, un spasme de tout son corps, et il crut à la sincérité de l'horreur qu'il lisait dans ses yeux.

– N'y pense pas, lui dit-il.

Sans doute la réflexion la plus idiote de toute sa vie.

Elle inclina sa tête dorée, et sa voix était menue, vaincue.

– Je reviendrai toujours, Sam. Ton toucher m'appellera chaque fois que tu seras dans le temps. Tu ne peux pas plus m'échapper que je ne peux t'échapper. Et ni l'un ni l'autre ne pouvons échapper à notre sort.

– Je n'y crois pas, je m'y refuse.

Il espérait paraître plus convaincu qu'il ne l'était vraiment.

Elle échappa à son emprise, s'essuya les yeux avec le poing, comme une petite fille.

– Nous sommes pris au piège. Pour toujours. Il ne nous reste que nous. Je m'y suis résignée. Tu devrais peut-être faire de même.

162

– Non, c'est faux !

En se retournant pour lui faire face, elle s'écria :

– Alors, tu t'accroches à l'illusion qu'un jour tu rentreras chez toi ? Mais que t'a-t-on fait, Sam, pour que tu nies ainsi l'évidence ? Pourquoi refuses-tu de me croire ?

– Parce que... si je te croyais...

Il n'osa pas terminer sa pensée. Il saisit la seule issue qui lui était offerte : une fuite physique, dans la nuit.

– Sam !

Il avait disparu.

Alia se laissa retomber sur le lit de camp et s'essuya les yeux.

– Eh bien ! dit-elle à haute voix, furieuse d'entendre sa voix trembler. Si Zoey était là, elle serait curieuse de savoir la part de sincérité qui entrait dans ce que je lui ai dit...

Sans raison, elle cacha son visage dans ses mains et se mit à sangloter.

12

Dimanche matin. Le camp bruissait comme une ruche. La plupart des gens s'étaient levés tôt et transportaient des glacières, des tables, des lits de camp, des chaises et des costumes sous housse jusqu'au parking, à quatre cents mètres de là, pour prendre de l'avance sur la corvée des bagages, avant le long trajet de retour. Mais il ne serait venu à l'idée de personne de partir avant la prestigieuse joute.

Zoey considérait toute cette agitation avec un frisson de dégoût.

– Un dimanche matin, après un samedi soir passé à banqueter, comment peuvent-ils être déjà debout et arborer des trognes aussi réjouies ?

– Il est presque neuf heures.

Alia s'était éveillée à l'aube. Elle secoua sa robe – une jupe de coton jaune passée par-dessus un jupon blanc, un corset lacé et un corsage, tous deux verts, une tenue qui lui donnait vaguement l'apparence d'un bouton-d'or à l'envers – et poursuivit sa promenade dans le petit village de tentes qu'on démontait. On parlait beaucoup du champ de foire, qu'Alia n'avait pas encore visité ; les artisans seraient les derniers à plier bagage, dans l'espoir de ventes de dernière minute. Si elle entraînait Zoey dans un endroit où l'on pouvait s'étonner de voir Cynthia parler toute seule, se dit Alia, peut-être l'hologramme abandonnerait-il la partie et la laisserait-il tranquille ?

Vain espoir.

– Tu as dû déployer des arguments dévastateurs, cette nuit, ma chérie, continua Zoey tandis qu'elles s'engageaient entre les deux rangées de boutiques. Quand je suis passée devant la tente de notre héros, il avait la mine plutôt défaite.

– Vraiment ?

– C'est presque injuste, ajouta-t-elle en faisant la

moue. Il reste craquant, même en insomniaque hagard – évidemment, on pourrait souhaiter des raisons plus intéressantes à son manque de sommeil.

Elle s'arrêta et contempla la reconstitution de foire médiévale.

– Comme c'est... pittoresque. C'est parfait, quand on est un acharné du style rustique.

Quelqu'un lança à Cynthia un : « Bien le bonjour, gente dame ! » Alia répondit par un sourire. Les éventaires allaient de la reconstitution historique scrupuleuse en bois, jusqu'aux tables pliantes dissimulées sous une couverture, mais tous étaient colorés, animés, et ployaient sous les marchandises. Elle s'arrêta pour tâter une aune de laine tissée à la main et admirer les capes exposées sur des portemanteaux.

– Les meilleurs prix de l'année, dame Cyndaria, lui dit la vendeuse qui enroulait en pelote de la laine rouge.

Un petit rouet était planté à côté d'elle, et on pouvait y admirer le bleu profond d'un ouvrage en cours.

– Je n'ai toujours pas vendu cette cape mauve qui vous plaisait tant.

Jetant un coup d'œil dans la boutique, Zoey poussa un cri de réprobation :

– Cette horreur ? A la rigueur, le vert forêt, avec les parements dorés, je veux bien... En plus, c'est ma couleur.

– On pourrait me convaincre de reconsidérer le prix, suggéra la marchande.

Alia sourit à nouveau, secoua la tête et poursuivit son chemin.

– Rubans et dentelles, clamait-on plus loin. Votre dernière chance avant le Festival des moissons ! Rubans, dentelles et broderies fines !

– J'ai l'impression que tu as la tête ailleurs, mon chou.

Alia tourna la tête vers Zoey et fit un geste pour indiquer la foule d'artisans qui les entouraient.

– Gobelets de joaillerie et chopes d'argent ! chantait un autre vendeur. Ciboires d'amour en étain !

L'hologramme poussa un soupir.

– Oh ! très bien. Tu dois tenir ton rôle devant la canaille, je suppose. Ce que je voulais dire, c'est que Beckett va être trop éreinté pour faire bonne figure face à M. Muscles. Donc, tout devrait se passer comme prévu. Roger-Ranulf récoltera la fille et l'argent – qu'il ne gardera pas très longtemps, ni l'une ni l'autre –; Philip boira comme un trou jusqu'à son accident, et rien n'aura changé. (Une pause.) Ça, c'est dans le pire des cas.

– Mmm, répondit distraitement Alia.

Elle savait très bien à quel « meilleur des cas » Zoey faisait allusion.

Elle poursuivit sa route, examinant les articles de maroquinerie, les broderies, les plateaux en céramique, les gobelets de bronze, les écharpes tissées à la main. De l'ouvrage superbe, sans exception ; les artisans n'étaient pas seulement attentionnés, ils étaient doués. C'est avec un réel plaisir qu'elle fit halte devant l'étalage d'un sculpteur sur bois, dont les jouets habiles l'enchantèrent. Il y avait des singes malins aux bras et aux jambes mobiles, des oiseaux peints de couleurs gaies, avec des ailes qui battaient, et des marionnettes de toutes sortes. Mais son intérêt fut surtout capté par une blanche licorne. La voyant attirée, le vendeur annonça un prix. Elle secoua la tête, mais ne put résister au plaisir de caresser l'argent de la crinière, la corne délicatement spiralée.

– On dirait qu'elle sort d'un carrousel, dit-elle, rêveuse. Quand j'étais petite fille, je me souviens...

– Les licornes, lui rappela Zoey avec une douceur venimeuse, sont réservées aux purs, aux innocents et aux vierges.

Alia quitta le stand, aveugle à tout, sans même entendre la réduction de prix que lui proposait le sculpteur.

Zoey se maintint à la hauteur, traversant avec une parfaite nonchalance un jeune homme qui tirait quelques accords de sa mandoline.

– Si l'on se souvient bien que Beckett le boy-scout est désormais notre objectif numéro un, et non plus ce pitoyable triangle amoureux, j'attends que tu m'expliques ta suggestion de ce matin. Faut-il te rappeler que ce que tu demandes n'a jamais été fait ?

– Pommes d'ambre ! criait une jeune femme en remontant l'allée. Elles sentent bon, mes pommes d'ambre, toutes piquées de clous de girofle ! Pooommes d'ambre !

Zoey fut momentanément distraite par la vue des articles exposés sur le plateau que la vendeuse à la criée portait accroché à son épaule. Plantés sur de courts manches de bois qui pouvaient être sculptés de façon splendide ou aussi simples que des bâtonnets d'esquimaux, divers agrumes, oranges, citrons jaunes ou verts, étaient piqués de clous de girofle selon des motifs complexes. Le nez d'Alia la chatouilla quand il capta les fragrances d'épices, et elle sentit monter un éternuement. Elle alla chercher refuge devant un étalage de verrerie.

Les lots de carillons éoliens, disposés en un long alignement au-dessus des assiettes, des fioles et des gobelets, lui parurent familiers. Alia laissa courir ses doigts le long d'une des créations de Cynthia pour la mettre en mouvement et attira par là même l'attention du propriétaire de la boutique. Il conclut une transaction avant de se tourner vers elle, tout sourires.

– Vos carillons ont beaucoup de succès, dame Cyndaria. Ce matin, j'en ai déjà vendu quatre.

– Vraiment ?

– Et j'ai la promesse d'en vendre un autre, si messire Guthwulf perd le pari qu'il a fait avec sa dame sur la joute de ce jour.

Alia ne demanda pas sur qui messire Guthwulf avait misé.

– A propos, dame Godwyn demande si vous accepteriez de lui troquer le bleu. Contre une de ses bourses brodées. Vous choisirez celle qui vous plaira. Elle fait de l'ouvrage de toute beauté.

– Godwyn ? répéta Zoey. Il y a des gens qui n'ont peur de rien. Quel nom !

Alia fit mine d'étudier le carillon bleu, comme pour en estimer la valeur marchande.

– Veuillez dire à cette dame que j'y réfléchirai.

– Comme vous voulez. (Il hésita, puis, sur un ton plus bas, ajouta :) Cynthia, cette histoire entre Phil et Roger...

Elle se raidit et, d'un seul regard, le mit au défi d'en dire plus long. Sagement, il se détourna pour s'occuper d'un nouveau client.

– Curieux, tu ne trouves pas ? intervint Zoey. Personne d'autre ne t'a posé de questions. Mais je suppose qu'ils n'arrêtent pas, dès que tu as le dos tourné.

– C'est probable.

Elle avait remarqué qu'on lui jetait quelques coups d'œil bizarres, çà et là, dans le campement et sur le champ de foire. Si Zoey n'avait pas été un hologramme visible seulement d'Alia, celle-ci les aurait attribués à la combinaison portée par l'Observatrice, d'un vert émeraude brutal, et à ses cuissardes de cuir mauve. Mais la remarque était pertinente : personne d'autre n'avait abordé avec elle le sujet de la joute.

Elle s'arrêta un instant devant l'étalage du marchand de savons, en bout d'allée. Les pains disposés en pyramide sur l'éventaire embaumaient la violette, la lavande, le santal et la cannelle. Cette fois-ci, Alia éternua. La vendeuse lui jeta un regard amusé.

– Attention à l'étal de l'herboriste, en face, dame Cyndaria. Quand on est sujet au rhume des foins, c'est encore plus redoutable que l'herbe à poux !

Alia lui rendit son sourire et la remercia, avant de traverser l'allée à pas lents, vers les étalages d'en face, et de murmurer à l'intention de Zoey :

– Tu me disais que ce que je demande n'a jamais été fait. Entends-tu par là que c'est impossible ?

– Tu le sais très bien, il n'y a pas grand-chose dont Lothos ne soit capable.

– Tout frais, tout chaud ! Tartelettes friandes à la belle gaufre ! Crêpes et fruits !

Alia n'avait rien mangé depuis la veille au soir. S'orientant sur le cri du vendeur, elle ignora la réplique de Zoey pour se préoccuper de son petit déjeuner. Des crêpes grésillaient dans des poêles posées sur de petits réchauds à la japonaise ; des bols de salade de fruits et des compotes brûlantes attendaient le client sur le comptoir.

– Quel parfum délicieux !

– Un peu de décence, chérie. Tu sais que je raffole des crêpes.

Alia tendit de l'argent pris dans la ceinture-portefeuille de Cynthia. On lui présenta une assiette en papier et une fourchette en plastique et, un instant plus tard, on fit glisser en place une fine crêpe. Alia y empila myrtilles chaudes et pêches froides, plia la crêpe, la saupoudra délicatement de sucre glace. Elle poursuivit sa route en mangeant, exagérant son contentement pour le plaisir secret de narguer Zoey – qui en avait littéralement l'eau à la bouche pendant qu'elle poursuivait ses explications.

– Je veux bien admettre que la chose est faisable, sur le papier. Nous sommes déjà focalisés sur ce lieu et cette époque, il ne s'agit donc plus de procéder à des recherches aléatoires. Mais ça exigerait quand même un effort terrible.

La surprise trahit Alia, qui répondit ; mais nul ne faisait attention à elle. Un musicien avait commencé à jouer du tympanon au stand suivant, attirant un petit attroupement.

– Et depuis quand se préoccupe-t-on de mon bien-être ?

– Un effort pour Lothos, pas pour toi ! Ton plan extravagant ne le ravit pas outre mesure.

Alia termina son petit déjeuner et jeta l'assiette et la fourchette dans une poubelle.

– Lothos n'est pas ici, dit-elle d'une voix basse et tendue. Moi, j'y suis. Je dirige cette mission, Zoey. Je dresse les plans et je prends mes responsabilités. Est-ce que Lothos voudrait voir Sam Beckett triompher ?

– J'ose croire que c'est une question rhétorique. (Zoey cligna soudain des yeux et lança un sourire de satisfaction.) Tiens, tiens ! Regarde-moi ça !

Le stand était un des plus élaborés du champ de foire, ce qui reflétait sans doute la grande prospérité du propriétaire. Un large auvent de bois s'avançait, supportant une enseigne gravée de deux épées d'argent entrecroisées au-dessus d'une enclume d'or. Déployée sur le velours rouge du comptoir ou accrochée à divers présentoirs, était présentée une impressionnante panoplie d'armes en acier, qui n'auraient pas dépareillé la grande salle d'un baron médiéval.

Les armes étaient réelles – des dagues d'un pied de long, des flamberges gravées d'inscriptions runiques, de lourds sabres écossais, des hallebardes à manche de bois, dont la lame était plus large qu'une main d'homme, de fines miséricordes, des haches d'assaut luisantes et même un grand cimeterre. Toutes ces lames possédaient un fil parfait, capable de trancher un cheveu, et chacune était potentiellement meurtrière.

Un jeune homme affublé de ridicules collants cramoisis et d'une tunique d'un jaune criard se tenait quelques pas en arrière, maniant une arme étrange comme pour juger de son équilibrage. Au bout d'un manche de bois étaient fixés vingt centimètres de chaîne reliée à une sphère hérissée de pointes épaisses. Elles étaient peintes d'un rouge sanglant. Le jeune homme jeta un regard vers le forgeron qui le tenait à l'œil, puis entreprit de faire tourner la boule au-dessus de sa tête. Elle se mouvait au bout de sa chaîne, accélérant graduellement avec un sifflement sinistre.

– Quel adorable petit jouet ! s'exclama Zoey.

– Qu'est-ce que c'est ? s'enquit Alia à voix basse.

– Un fléau d'armes, répliqua Zoey, dont les yeux pétillèrent en voyant la boule percuter bruyamment un arbre. Elle se nomme ainsi par comparaison avec les fléaux à battre le blé, évidemment. Ah ! je ne suis pas née à l'époque qui m'aurait convenu...

– Je croyais que c'était Thames qui faisait une fixation sur le Moyen Age.

– Oh, lui ! (Zoey fit un geste négligent de la main.)

Donne-lui une chambre de torture et il est content. Personnellement, j'admire l'élégance des armes médiévales. Le monde moderne a tellement oublié de choses dans l'art de tuer.

Le forgeron eut une grimace agacée.

– Daniel ! jeta-t-il. Ça suffit, maintenant. Pose ça, tu vas finir par assommer quelqu'un !

– Hmmm, voilà une charmante idée ! soupira Zoey.

Daniel réussit à arracher la boule de l'écorce maltraitée.

– Désolé, dit-il en frottant des doigts les pointes écarlates avant de reposer l'arme sur le comptoir.

Alia jugea que la puissance inattendue de l'acier et du bois semblait avoir un peu secoué le jeune Daniel – à bon droit. Sans même prendre en compte la force de l'impact, l'aspect et le bruit de l'engin étaient déjà très impressionnants.

Le forgeron reprit sa conversation avec un autre client, un homme d'une cinquantaine d'années, vêtu sobrement de brun, une lourde chaîne, insigne de ses fonctions, accrochée à ses épaules.

– Vous le voyez, messire Duncan, cette épéc a un fil parfait, comme toutes mes marchandises. Vous pouvez l'utiliser comme parure, sur votre personne ou sur un mur, chez vous, mais...

– Mais je ne dois pas la tirer à proximité du champ d'honneur, sous peine d'être chassé de la Ligue. Je connais le règlement, maître Padraic. J'ai collaboré à sa rédaction, il y a quinze ans. Emballez-moi ça.

Un autre fléau reposait sur le comptoir rouge. *Exemplaire de démonstration*, lisait-on à côté. Alia réfléchissait, ses doigts courant sur le manche de bois poli, caressant la gravure en spirale qui avait été peinte en bleu. On aurait dit que les pointes avaient été dorées. Au bout d'un moment, son regard croisa celui de Zoey. Et elle sourit.

— A quoi... (Zoey inspecta le visage d'Alia de plus près.) Ma parole. Mais tu as une mine diabolique, mon chou !

Maître Padraic et messire Duncan étaient occupés à emballer avec soin l'épée dans des pans de tissu noir. Mais Alia garda un ton confidentiel.

— Quand je te ferai signe, Zoey. Assure-toi que Lothos est prêt.

— Tu ferais mieux de commencer par expliquer à quoi !

— Plus tard. Maître Padraic ?

Il se retourna, une impressionnante liasse de billets à la main.

— Oui-da ?

Elle usa au mieux du sourire de Cynthia ; délicieux, il est vrai.

— Je ne crois pas qu'un carillon éolien pourrait vous intéresser, sauf s'il était cerclé d'or massif.

Le forgeron exécuta une courbette et sourit.

— D'argent, si votre sourire l'accompagnait ! Je présume que vous cherchez un présent pour récompenser le vainqueur du jour ?

— Précisément.

— Une épée ? Un poignard ? Une dague ?

– Ceci, dit-elle en tendant le doigt.

Après quelques marchandages, maître Padraic alla fouiller dans son arrière-boutique pour en ramener du tissu. En délaçant la bourse de Cynthia pour régler l'achat d'une arme qu'on n'avait plus employée au cours d'un combat depuis plus de cinq siècles, elle murmura :

– Fais-moi donc un peu confiance, chère Zoey.

13

Sam avait réussi à dormir un peu. Environ un quart d'heure.

A l'université, il avait eu recours à différentes méthodes pour courtiser le sommeil. Pendant des années, sa préférée avait été de chercher à démontrer le théorème de Fermat, qui avait tenu les mathématiciens en échec depuis des siècles. Après qu'on eut résolu le problème, en 1993, il avait repassé la démonstration dans sa tête ou s'était tourné vers d'autres remèdes : calculer le nombre probable de planètes de type terrestre dans la galaxie d'Andromède, classer par ordre alphabétique toutes les chansons des Beatles ou proposer des solutions viables aux mystères linguistiques du linéaire A.

Désormais, ses choix étaient plus restreints. Parfois, il ne se rappelait plus le nom du théorème, sans même parler de sa démonstration ; il oubliait en général un ou plusieurs critères d'évolution concernant les formes de vie basées sur le carbone ; il n'était jamais certain que les Beatles aient bien enregistré une chanson dont le titre commençait par la lettre J ; et se remémorer tous les caractères du minoen ancien était une entreprise hasardeuse.

La nuit du 11 juillet 1987, il évita de justesse d'avoir à compter des moutons.

Compte tenu de son prochain combat à l'épée contre Roger, le dimanche promettait d'être une réédition du samedi, en moins reposant. Sam ignorait quel genre de transmutation avait précédé celle-ci, mais son corps lui garantissait une chose : il n'avait pas dû consacrer beaucoup de temps à s'allonger sur un lit avec les paupières fermées.

(Une voix glissa lentement dans son souvenir – « *Si ! Tu ronfles, Sam Beckett !* » – mais quand il tenta de s'y accrocher, rien n'en subsista, sinon une image qui le laissa perplexe : la pyramide du Louvre, l'ouvrage de I. M. Pei. Il avait donc été à Paris à une époque de sa vie – ou de la vie de quelqu'un d'autre, peut-être ? Non, la sienne, parce que Al avait parlé de *revenir* à Paris. Dieu seul savait à quoi il faisait référence.)

Si cette transmutation-là laissait à désirer côté sommeil réparateur, au moins la nourriture y était-elle succulente. Sam gagna les tables de pique-nique à temps pour un petit déjeuner qui aurait mérité sa place dans le livre Guinness du cholestérol : des œufs brouillés accompagnés de fromage de Tillamook, du bacon doré à point, des biscuits tout frais baignant dans le beurre et des pommes de terre rissolées. Sam dévora son repas, le faisant passer avec des gorgées de thé au miel, et il termina sur un bol de pêches en tranches saupoudrées de sucre. Il ne tarderait pas à avoir besoin d'énergie ; le héraut l'avait informé que la joute l'opposant à messire Ranulf était prévue juste après la parade des armes du duc.

Youpi.

– Tu as passé toute la nuit à fulminer sur ton schéma, je parie ?

Il ne regarda même pas Al, sur le chemin qui le ramenait vers sa tente.

– Pas entièrement.

– Hmmm. (Le ton était sceptique.) Ziggy nous bombarde de pronostics, on dirait qu'elle se prend pour une présentatrice de courses hippiques. Si Roger remporte la joute, le livre sera publié, mais Cynthia aura juste assez de doutes sur son compte pour ne pas l'épouser. Philip inventera le condensateur de Larkin...

– Et se tuera à la tâche.

– Ma foi...

Sam le regarda enfin. L'amiral avait revêtu pour l'occasion une tenue adéquate, et médiévale en diable : chemise blanche aux épaulettes, revers et col brodés de feuilles de lierre vertes et de fleurs écarlates ; pantalon bleu ciel, avec une lourde boucle en forme de dragon furieux. Plutôt que des bottes, cependant, il avait opté pour des savates blanches. Sam lui envia le confort de ce choix. Les bottes de

Philip étaient trop petites d'une demi-pointure, et ses pieds lui faisaient souffrir le martyre.

Il portait également l'équipement de tournoi de Philip. Pantalon (des boutons, pas de fermeture Eclair), chemise (là aussi, des dentelles à petits points), et une ceinture. La tunique molletonnée et la cotte de mailles étaient encore accrochées au portemanteau de la tente, en compagnie du heaume. Sam avait envisagé de se livrer à quelques exercices de répétition pour apprendre à tout revêtir, avant de conclure qu'il risquait de rester coincé à l'intérieur et de passer le reste de la matinée à transpirer à grosses gouttes.

Pourtant, en contemplant l'acier luisant sous la clarté de sa lanterne, aux premières heures du jour, il commença à comprendre comment cette carapace pouvait aider Philip à perdre sa timidité. S'il fallait se fier à la collection de médailles qui attestaient de ses victoires en tournoi, Philip se transformait en un véritable lion lorsqu'il endossait sa panoplie de Perceval.

Cela ressemblait finalement à ce que vivait Sam à chaque transmutation : il fondait sa personnalité dans celle de quelqu'un d'autre, assumant pour quelque temps son visage, son corps et ses caractéristiques. Sauf que Philip agissait ainsi de son plein gré.

Nous n'avons jamais choisi d'entreprendre notre tâche, Sam – ce sont eux qui ont décidé à notre place !

Il bannit le souvenir d'Alia et entra sous la tente de Philip. La cotte de mailles attendait patiemment dans un coin que Sam vienne l'endosser : *Donne-moi une vie et je te protégerai.* Le schéma au crayon de couleur posé sur la table attendait Sam, lui aussi : *Donne-moi la vie et je te ramènerai chez toi.*

Et Alia attendait aussi. Mais elle ne pouvait offrir ni la vie, ni retour, ni protection.

Sam tira une chaise jusqu'aux rayons du soleil matinal. En silence, calmement, il entreprit de polir son épée.

– Ma nuit de veille aura au moins eu un aspect positif, dit-il à Al. Je l'ai empêchée de venir saboter quoi que ce soit.

– Mais elle a pu trafiquer l'équipement de Roger.

– Changer l'épée, tu veux dire ? Lui en donner une avec un vrai tranchant ?

– Ou endommager sa cotte de mailles, son heaume, est-ce que je sais, moi ?

Sam n'avait pas pensé à ça. Il s'était tellement polarisé sur ce qu'Alia pouvait lui faire, qu'il en avait oublié qu'elle pouvait avoir manigancé quelque chose contre Roger.

– Il pourrait être blessé ou... Non, conclut-il soudain. C'est un combattant trop expérimenté pour ne pas vérifier son matériel avant chaque joute.

Du pouce, il effaça une tache sur l'acier, tournant l'épée entre ses mains pour capter les reflets du soleil.

– Et quelles autres nouvelles réconfortantes nous annonce cette chère Ziggy ?

– Si c'est toi qui remportes la joute, Cynthia publiera quand même la version de Roger et il continuera d'écrire. Philip et Cynthia se marieront, pour nous interpréter un impeccable « ils vécurent heureux et cætera ».

Sam posa la lame sur ses genoux et passa un chiffon doux sur toute sa longueur. C'était un objet magnifique. On avait gravé dans l'acier un motif de feuilles de chêne entrelacées, et une douzaine d'opales, grosses comme des grains de riz, constellaient le pommeau. Philip avait dû payer cet objet un bon prix, et il savait s'en servir.

– Et le condensateur ?

– Oh ! pas de panique. On l'inventera.

Une note de désapprobation teintait la voix d'Al.

– Quand ça ?

L'hologramme haussa les épaules.

– Pas avant 1992.

Sam ne lui rappela pas qu'il en avait acheté les droits en 1991. L'installation de l'engin avait permis de résoudre de multiples problèmes et avancé la date d'achèvement du projet d'au moins un an.

Quand une chose lui était vraiment nécessaire, en général, on lui permettait de s'en souvenir.

– En tout cas, on l'a inventé, poursuivit Al. Et Philip reste en vie, lui et Cynthia sont très heureux et...

Un *miaou* rauque fit bondir Sam sur sa chaise. La chatte était une splendide siamoise, et son collier bleu était exactement assorti à la teinte de son regard légèrement convergent. Elle arpenta le sol devant lui, poussa un nouveau feulement afin d'exiger que Sam interrompe le travail futile auquel il s'adonnait pour se consacrer à l'honneur autrement plus important de la caresser. Toujours galant avec les dames, il se baissa pour lui gratter les oreilles.

– Je me demande où est Cynthia en ce moment.

– Là où vont les victimes d'Alia quand elle se transmute à leur place.

Sam secoua la tête.

– Sa seule victime, c'est moi. C'est pour moi qu'elle est ici.

Songeur, il baissa les yeux vers la main qu'elle avait touchée et qui l'avait touchée. Dans ce qu'elle lui avait dit, combien de mots étaient sincères ? Et combien avaient eu pour but d'ébranler ses convictions ?

Combien de temps avant que l'équilibre instable qu'elle connaissait en ce moment ne bascule tout à fait ?

La chatte jugea de toute évidence que la technique de Sam laissait à désirer. Elle discerna en Al une source de caresses plus satisfaisantes et se dirigea vers lui d'une foulée souple, ronronnant comme un 747 paré au décollage. Elle se coula contre la jambe d'Al – et perdit l'équilibre avec un miaulement de stupeur. Une tentative pour frotter sa tête contre lui aboutit au même résultat et à une protestation encore plus ulcérée. Sam regarda, avec un sourire involontaire, le preste coup de patte que la chatte décochait au pantalon d'Al, toutes griffes dehors. Bien entendu, elle rata son coup.

– Désolé, mignonne, lui dit Al.

Elle n'avait pas encore abandonné la partie. Passant en mode d'attaque, elle s'en prit à la chaussure de l'Observateur. A deux reprises. Frustrée, elle battit en retraite, fit le gros dos, chuinta de rage et lui cracha dessus avant de s'éloigner, avec un mépris de reine.

– On peut dire que tu as la manière, avec les femmes, fit remarquer Sam.

– A propos, comment s'est passée ton entrevue avec Alia, cette nuit ?

– Comment sais-tu...

Sam s'interrompit en se maudissant de sa gaffe. Al se doutait bien que Sam était allé la rejoindre ; il le connaissait trop bien.

L'amiral examina le bout embrasé de son cigare.

– Alors ? Tu estimes encore qu'elle n'est qu'un pauvre pion qu'on manipule ?

Le ton de sa voix ne plaisait guère à Sam.

– Tu ne la comprends pas.

– Mais toi, si.

Ce n'était pas une question.

Sam polit les grains d'opale avec une concentration farouche. Ils réfléchissaient les rayons du soleil avec un feu qui rappela à Sam l'arc-en-ciel désordonné qui enveloppait Alia au moment de sa disparition, la dernière fois. Et ce souvenir lui rappela à son tour les cris de terreur qu'elle avait poussés.

Que lui faisait subir Lothos quand elle échouait ?

Al n'abandonnait pas ses arguments.

– Des âmes sœurs ? suggéra-t-il.

– Si tu tiens à appeler ça comme ça.

– Ne me fais pas rire. Qu'est-ce qu'elle t'a raconté, la nuit dernière ? Elle t'a joué la grande scène du

« pauvre de moi » ! Ou elle t'a dragué, encore une fois ?

– Je n'ai pas envie d'en parler, Al, l'avertit Sam.

– Dommage, répliqua l'autre sans manifester de commisération. Parce qù'il va falloir qu'on continue à en parler, jusqu'à ce que tu t'enfonces bien dans le crâne qu'elle cherche à te tuer. Il suffit d'avoir un Q.I. égal à la température ambiante pour s'en apercevoir.

– Mais elle ne peut pas me tuer ! Tu n'as pas encore compris ça ? Nous sommes des opposés. Sans moi, Alia ne pourrait pas exister.

– Et tu crois que la réciproque est vraie ? Que si elle meurt, tu disparaîtras ?

Sam serra les mâchoires et effaça une imaginaire trace de rouille sur la lame de l'épée.

Al éclata :

– C'est l'idée la plus crétine que je t'aie jamais entendu proférer ! Et tu n'as même pas eu besoin de la raconter à voix haute !

– Que veux-tu que je fasse, Al ? Que je la passe au fil de l'épée pour vérifier le bien-fondé de ma théorie ? Que nous sommes des opposés qui s'annulent mutuellement ?

– Tu admets au moins qu'elle est mauvaise.

Sam redressa brusquement la tête, ses yeux brillants de colère.

– Non, je n'ai rien admis de tel ! Et si elle est le diable, alors je suis Dieu – et je n'ai pas les qualifications pour ce poste !

– Tu sais bougrement bien de quel côté elle est, Sam !

– Elle n'est qu'un instrument. (Les mots *comme moi* restèrent suspendus entre eux, sans qu'il fût besoin de les prononcer.) Dans cette affaire, le mal c'est Lothos, Al. Il la contrôle, il l'expédie à travers le temps, il donne les ordres. Elle n'a pas le choix, elle doit les exécuter.

– Et c'est pour ça que tu lui ressembles ? Parce que ni toi ni elle n'avez le choix ? (Al tapa furieusement sur le terminal.) Quand tu recommenceras à te servir de ton soi-disant cerveau de génie, préviens-moi. Je me tire.

Sam fixa l'emplacement qu'avait occupé le rectangle de lumière, avant de baisser de nouveau les yeux vers l'épée. Son poing crispé sur la garde était douloureux. Sous peu, il brandirait cette lame brillante contre un homme qui n'avait pas la moindre idée de la situation réelle.

Les croisés avaient fait usage d'armes assez semblables, convaincus par une foi aveugle de combattre pour le parti de Dieu, du bien et du bon droit. Ils avaient ainsi exterminé des millions d'innocents, avant d'être massacrés à leur tour.

– Bonjour, ma chérie ! lança gaiement Zoey en apparaissant sans prévenir, comme à son habitude. La cour est en train de se réunir – ils sont tous excités comme des puces, et les paris donnent messire Percy vaincu à dix contre un. Quant à cet imbécile de héraut, il va s'éclater les poumons, à force de souffler dans sa trompette.

– Je suis bientôt prête.

Ignorant comment on mettait un hennin, Alia avait opté pour la coiffe d'argent et de cristal de la veille. Peut-être allait-elle choquer les autochtones, violer des convenances locales par une telle tenue. Elle s'en moquait. Aujourd'hui, tout le monde aurait de toute façon les yeux braqués sur elle – sur Cynthia –, au moins jusqu'au début de la joute.

– Lothos est prêt ? demanda-t-elle. Que dit-il de mon plan ?

– Ce qu'il en dit depuis le début : intéressant, faisable, mais difficile.

Se penchant pour s'admirer dans le miroir de Cynthia, suspendu à un piquet de la tente une bonne quinzaine de centimètres trop bas pour Alia, celle-ci arrangea quelques mèches folles derrière ses oreilles.

– Et pour l'autre problème ? L'aura ? s'enquit-elle.

– Oh, je ne t'ai pas dit ? Lothos est fasciné. Thames et lui en ont discuté toute la nuit. (Elle resserra le nœud de l'écharpe émeraude de sa combinaison, s'en faisant une cravate large, tout en continuant de parler :) Pour l'instant, avec la configuration actuelle, Beckett et toi pouvez vous voir tels que vous êtes vraiment. Donc, l'inverse sera probablement vrai. Enfin, en théorie, en tout cas. Retouche ton mascara, mon chou. Il coule.

– Donc, si Sam ne peut pas me voir, je ne pourrai

pas le voir non plus ? (Alia fronça les sourcils et essuya une petite tache brune sous son œil.) Ce n'est pas du tout ce que j'avais en tête. Ça ne m'arrange pas du tout !

– Tu devras faire avec ce que te donne Lothos. J'ai déjà eu assez de mal à lui faire prendre en considération ton autre petit tour de passe-passe. Thames était sceptique. Et il l'est toujours.

Alia se redressa, prit une longueur de mousseline jaune et s'en drapa à partir des coudes.

– Thames ! répéta-t-elle sur un ton acide. Il a autant d'imagination qu'un hamster.

Zoey eut un sourire goguenard.

– Oh, je te trouve bien indulgente ! J'aurais opté pour une créature située plus bas sur l'échelle de l'évolution.

Après un dernier coup d'œil circulaire, Alia se dirigea vers l'entrée de la tente.

– Je suis prête. J'espère que Lothos et toi l'êtes aussi.

– Alia, ma chérie, il...

– ... vaudrait mieux que mon plan fonctionne, coupa Alia avec impatience. Je sais, je sais ! Allons, viens.

186

14

On peut considérer les transmutations comme un gigantesque jeu de travestissement – « d'un certain point de vue ».

Je vis quelques jours de la vie de certains personnages en bluffant, j'emprunte leur apparence et leur voix, je feins d'accomplir leur travail, et les choses, on ne sait comment, tournent bien. Ou, du moins, s'améliorent.

Mais cette fois-ci, j'avais l'impression d'être un imposteur. Je n'avais pas à redouter qu'on me démasque : c'était déjà fait. Non, j'avais le sentiment que tout ce que je pourrais dire ou faire sous l'aspect de Philip Larkin était un mensonge. Pire – un mensonge à mon seul bénéfice.

Al avait raison. Cette transmutation n'a jamais été prévue pour m'offrir une chance de rentrer chez moi. Je le voudrais bien, mais les choses ne fonctionnent pas comme ça.

Cependant, si cette mission ne me concernait pas au départ, l'apparition d'Alia a changé la donne. Désormais, c'est notre sort à tous deux qui est en jeu.

Et c'est une faute. Philip Larkin m'a aidé à concrétiser mon rêve, sans le savoir. Je lui suis par conséquent redevable. Il faut que je l'aide. Je dois m'assurer qu'il survivra...

... Et comme ça, peut-être pourra-t-il aider à me ramener chez moi.

Calculateur et égoïste. Il est beau, le Chevalier sans peur et sans reproche !

Pas étonnant qu'Al me fasse la tête.

Le campement était vide. Le champ de foire était désert et les stands qu'on n'avait pas encore démontés étaient fermés. Personne ne voulait manquer ce combat épique. Le roi Steffan et la reine Elinor arrivèrent avec toute la pompe qui seyait à leur rang et prirent place sur leurs trônes. Les nobles de la cour les entourèrent sur l'estrade royale. Les membres moins prestigieux de la Ligue se massaient sur des bancs, surexcités. Les gonfanons claquaient au vent, les paris fusaient dru, et le héraut dut lancer trois puissants appels de corne avant que le silence total ne s'instaure.

Roger s'échauffait en bordure de lice, près d'un râtelier d'armes. Sam l'observa une minute, sachant très bien qu'il allait vivre une nouvelle édition de la joute de la veille. Il n'en connaissait pas plus qu'il y a vingt-quatre heures sur le maniement des armes, son épaule était toujours endolorie, et l'épée et la cotte de mailles semblaient plus lourdes que jamais. Ajoutons à cela un écu (cinq ou six kilos supplémentaires à trimbaler, malgré la protection qu'il pouvait apporter), et le bonheur de Sam était à son comble.

Son corps se rappelait les mouvements de divers arts martiaux, mais s'il en avait jamais appris un qui se pratiquât avec des armes ressemblant à une épée, même de loin, il avait tout oublié. Quand une chose lui était vraiment nécessaire, en général, on lui permettait de s'en souvenir. Maigre consolation, alors que Roger avait l'envie, le loisir et la capacité de lui arracher la tête, si tel était son bon plaisir.

Sam se dirigea vers l'autre bout de la lice, loin des tribunes, se choisissant un terrain d'échauffement situé juste en face de Roger. Tandis qu'il se concentrait sur des exercices qui assoupliraient convenablement ses épaules, ses mollets et son dos, il chercha à faire le vide dans son esprit et dans son regard. Il voulait ne rien voir, ne rien penser, ne rien sentir.

Le héraut souffla à nouveau dans sa trompe, attirant l'attention de Sam. Une petite procession de chevaliers en armure défila au centre de la lice en direction de la tribune royale. On aurait dit un club professionnel pratiquant un sport de contact peu courant, qui se présentait dans un stade à ses supporters. Au football, au rugby ou au basket, Sam aurait eu sa chance.

Mais, même s'il s'agissait, en dernière analyse, de gagner ou de perdre, ce n'était pas un jeu.

Il se répéta qu'il devait remporter la victoire, pour Philip. Son honnêteté fondamentale, héritée dans chacune de ses molécules d'A.D.N. et respirée à chaque bouffée d'air de l'Indiana, lui souffla que ses motifs n'avaient rien d'aussi pur. Il se demanda avec tristesse quelle règle il enfreignait en souhaitant aussi la victoire pour son propre bénéfice.

– Vos Gracieuses Majestés ! Messeigneurs, gentes dames et honnêtes bourgeois ! beugla le héraut. Que s'ouvre la dernière journée de ce tournoi d'été !

Sam dégaina l'épée et commença à s'attaquer à

l'air – et à ses idées noires – sans même réagir quand il entendit un *whoosh* métallique à proximité. Al, enfin de retour ? Le gamin qui avait occis des dragons dans la cage d'escalier de l'orphelinat n'aurait pour rien au monde manqué cette folie médiévale.

Non, c'était injuste. Tout à fait injuste. Que lui arrivait-il ? Alia avait-elle ébranlé à ce point ses convictions pour qu'il en vienne à calomnier ainsi son ami le plus proche ?

Sam n'était pas sûr qu'Al sache à quel point il l'appréciait – ni pour quelle raison. Dans le labyrinthe de sa mémoire passaient des images : Al en ses différentes incarnations. Maître manipulateur de commissions du Congrès avares de subsides ; compagnon de beuverie quand Sam perdait courage ; champion de la remise en train par coups de pied aux fesses quand Sam était déprimé ; associé triomphant quand il vainquait les caprices de la technologie. Les premiers mois où ils s'étaient connus, Al était blessé, il avait besoin de soutien ; plus tard, une fois sa confiance en Sam établie, Al avait donné de sa personne sans compter, avec toute la générosité de son tempérament volcanique d'Italien. Second père, grand frère de substitution, ingénieur habile et pilote casse-cou, soldat courageux et amiral prestigieux, adorateur inconditionnel de la beauté féminine... Malgré leurs multiples divergences dans leurs façons d'être, leur personnalité et leurs expériences, c'était l'ami que Sam chérissait le plus en ce monde, ou n'importe où ailleurs.

Dans cette vie, et dans presque une centaine d'autres.

Mais ça allait plus loin. Beaucoup plus loin. Quand Sam avait utilisé les cellules d'Al en plus des siennes pour créer Ziggy, il avait suivi son instinct. Une enquête – s'il avait pris la peine d'en faire une – aurait confirmé qu'Al était l'individu le plus compatible parmi le personnel attaché au projet, mais c'est l'instinct qui avait soufflé à Sam de le tester en premier. Et de ne tester que lui. Pourquoi garder le meilleur pour la fin quand on sait qu'il est debout, là, devant vous ?

L'instinct. Quel don du ciel ! En sus de tout ce qu'il avait représenté jusque-là, Al était devenu sa bouée de sauvetage et son ange gardien ; une mémoire de secours pour un homme qui en avait dramatiquement besoin ; conseiller, conscience et, à l'occasion, mouche du coche. Il était la seule constante dans cette aventure folle, parfois terrifiante, parfois enthousiasmante.

Pourtant, si on avait demandé brusquement à Sam ce qui rendait Al essentiel à cette aventure, il aurait répondu que c'était cette foi constante qu'Al avait proclamée tout au long du projet, la conviction que tout finirait bien. Avant les transmutations, Al avait toujours été convaincu qu'on parviendrait à réunir les subventions, à résoudre les problèmes, à faire aboutir cette entreprise grandiose. Maintenant, alors que Sam ricochait d'époque en époque dans le flipper géant du temps, Al croyait de toute son âme que le travail accompli par Sam et lui dépassait leurs petites personnes.

Sam avait besoin de cette foi, en ce moment. Il ne lui en restait plus guère, personnellement.

Les paroles d'Alia au cours de la nuit reflétaient des pensées qui avaient torturé Sam. Ses doutes, ses craintes, sa colère, son ressentiment. Il était inquiétant de ne pas avoir perçu l'égoïsme de son propos pendant sa conversation avec Al ; mais que sa honte et sa peur le poussent à chasser la seule personne qui puisse l'aider était plus grave encore.

Pourtant, Al continuait à répondre présent. Malgré ses blessures, ses inquiétudes et ses soucis personnels, il restait fidèle au poste. La seule constante dans la vie de Sam.

– S'il plaît à Vos Majestés, beugla Owain le héraut, les premiers chevaliers de notre liste, pour l'honneur et la gloire, messire Neville Vivelame et le chevalier de Haut-Roslyn !

Sam aperçut Alia, debout sur un côté de l'estrade. Le soleil de midi rutilait sur les cristaux de sa coiffe, brillant sur les fils d'argent qui rehaussaient son écharpe jaune. Elle était la parfaite incarnation de la damoiselle médiévale, souriant en feignant un agacement plein d'indulgence devant la foule de curieux et d'admirateurs qui l'entouraient.

Sam pouvait à peine supporter de la regarder.

– Ziggy vient de se livrer à quelques pronostics, Sam.

Sam avait également du mal à regarder Al en face.

– Et ?

– Nous avions raison. Sois vainqueur et il y a cent pour cent de chances pour que Philip survive. Lui et Cynthia seront heureux ensemble. Mais le condensateur de Larkin sera inventé avec un an de retard – de notre point de vue.

– Et Roger ?

– S'il triomphe, il y a cent pour cent de chances pour que le bidule soit disponible quand nous en aurons besoin.

Il n'avait pas besoin d'ajouter : *mais Philip mourra.*

– Ce n'est pas ce que je voulais dire. Qu'arrive-t-il à Roger ?

– Je n'en suis pas sûr. Ziggy donne quatre-vingt-dix pour cent de chances à la poursuite de sa carrière.

Donc, tout le monde vivrait heureux – si Sam remportait la joute.

– Quant aux chances que tu as de vaincre ce bon vieux Rog, ici présent, eh bien, sauf si l'une des raisons de ton insomnie, la nuit dernière, était de t'entraîner à l'épée...

Sam hocha la tête.

– C'est bien ce que je craignais.

– Et elle compte là-dessus. (Du coin de l'œil, Sam vit Al jeter à Alia un regard de haine pure.) Elle se régale. Elle serait capable de démolir la carrière de Philip et d'organiser ensuite un pique-nique sur les décombres. Sam, il faut que tu gagnes.

Messire Neville expédia rapidement le chevalier de Haut-Roslyn, faisant preuve d'une souplesse dans le maniement des armes que Sam n'avait pas la moindre chance d'imiter. Les deux jeunes gens s'approchèrent de l'estrade pour s'incliner devant le couple royal, et messire Neville reçut l'accolade. Le héraut convoqua un deuxième couple de combattants.

– Si je gagne, murmura Sam, c'est Alia qui perd. Et je serai responsable de la punition qu'elle devra subir, quelle qu'en soit la nature. Parce que je serai à l'origine de son échec.

– A l'origine ? Sam, c'est elle qui a choisi de...

– Non, Al. (Il détourna la tête pour cacher sa gêne devant la fureur qui brûlait dans ces yeux sombres. Il poursuivit néanmoins :) Elle est prisonnière du temps. Sans issue.

– Ecoute-moi. Mais écoute, bon sang ! Oublie deux minutes ton calamiteux complexe du saint-bernard ! Tu le gaspilles, avec elle !

– Je croyais que j'étais censé remettre la vie des gens en ordre.

– Et elle a pour seul objectif de la saccager.

– Elle ressent les mêmes choses que moi, Al – elle est fatiguée, elle est en colère –, nous en avons discuté, la nuit dernière. Ça m'effraie de voir que nous éprouvons les mêmes sentiments, même si on l'a envoyée pour accomplir une tâche opposée à la mienne.

Al eut un sourire de dérision.

– Bon, d'accord. L'armure du Chevalier sans peur et sans reproche se trouve barbouillée de quelques taches de boue de temps à autre. Tu es un pauvre humain. La belle affaire ! Je te connais, Sam. Si tu continues, ce n'est pas seulement parce que la prochaine transmutation pourrait te ramener chez toi, mais parce que c'est ton devoir. Parce que tu ne peux pas rester là sans intervenir.

La seconde joute ne dura que le temps qu'il fallut à un des belligérants pour perdre sa prise sur la garde de son épée. Trois minutes, estima Sam, en le regardant quitter la lice à pas lourds, pendant que son adversaire galopait jusqu'à l'estrade pour gratifier d'un baiser une damoiselle qui riait aux éclats.

– Alia est une pauvre humaine, elle aussi, insista Sam en regardant enfin Al dans les yeux. Tu n'arrêtes pas de répéter qu'elle est mauvaise, mais c'est faux. Elle est...

– Mais tu es cinglé, ou quoi ? Regarde-la donc !

Al pointa l'index vers elle. *J'accuse.*

– Ouvre donc les yeux, Sam ! Elle met la vie des gens en pièces dans l'espoir de collectionner assez de points pour rentrer chez elle ! Alia est responsable de ce qu'elle est et de ce qu'elle fait. Pas Lothos ! *Alia !* Elle s'est laissé prendre au piège quand elle a conclu son pacte avec ce qui la balade dans le temps – son pacte avec le diable. Et elle sait bien qu'il ne tiendra jamais sa promesse.

Un nouvel appel de trompe donna le signal de la parade pour une dizaine d'enfants, les fils et filles des membres de la Ligue, qui entrèrent par le côté opposé de la lice. Vêtus en pages aux couleurs royales – tabards mauves et hauts-de-chausses blancs –, ils portaient des sortes de manches de bois peints soutenant les armoiries de divers nobles. Le plus âgé devait avoir dix ans, la plus jeune à peine cinq ; son pennon figurant une licorne bleue était plus grand qu'elle. Les heureux parents exhibaient leur progéniture sous les acclamations du public. Le roi et la reine saluèrent chaque enfant par son nom et offrirent des bonbons en gage de la faveur royale.

– Sam...

Le ton d'Al avait changé. Il était plus grave, plus bas.

– Ton frère ? Tu t'en souviens ?

Surpris, Sam se renfrogna.

– Tom ? Que vient-il faire là-dedans ?

– Réponds-moi.

Sam réfléchit une minute, avant de sourire. La procession des enfants avait rafraîchi sa mémoire.

– Je me souviens du jour où nous sommes tous allés le voir à Annapolis, pour sa remise de diplôme – je ne sais pas comment vous appelez ça, dans la marine. Maman répétait sans arrêt qu'elle ne pouvait pas croire qu'un petit fermier comme Tom allait devenir marin.

Tom avait toujours rêvé d'entrer à l'Académie navale d'Annapolis et de faire carrière dans la marine. Sam n'avait compris que beaucoup plus tard que cela aidait également à soulager le budget d'une famille de fermiers qui cherchaient à donner une éducation à une fille pleine de promesses et à un fils cadet d'une prodigieuse intelligence – il n'y avait songé qu'en découvrant le prix des cours dans les catalogues envoyés par Caltech et le M.I.T.

– Et quoi d'autre ? insista Al.

– Papa était tellement fier qu'il a failli éclater. Il a appelé Tom « amiral » pendant tout le repas, ce soir-là... (Brusquement, Sam rit doucement.) Pendant que Katie flirtait avec le type qui partageait la chambre de Tom. A onze ans !

Al le regardait, les yeux mi-clos.

– C'est un beau souvenir, Sam. Toute la famille réunie, comme ça.

– Pourquoi m'as-tu demandé ça ?

– Parce que le 8 avril 1970, ton frère Tom est mort au Viêt-nam.

Sam sentit le sol se dérober sous ses pieds. La douleur était à la fois immédiate et presque aussi vieille que lui, une souffrance fraîche comme une blessure récente et ancienne comme une cicatrice d'enfance qui ne se serait jamais totalement refermée. C'était comme si on lui annonçait pour la première fois une tragédie qu'il avait essayé de supporter toute sa vie.

– Non ! s'écria-t-il. Tom est rentré au terme de sa période au Viêt-nam et... et...

Sa voix et ses souvenirs moururent en même temps.

Al secoua la tête.

– Dans l'histoire originelle, Tom a été tué.

– Non !

– Mais tu t'es transmuté en ce jour de 1970, insista Al, impitoyable. Grâce à toi, Tom n'est pas mort.

– Le Viêt-nam.

La rivière, la jungle, l'incroyable chaleur. Le souffle bienvenu des pales d'un hélicoptère. Un reporter photographe au franc-parler – Millie ? Non, Maggie, elle s'appelait Maggie. Le piaulement des balles. La progression dans les rizières, une course effrénée, parce que Tom était en danger... *Tom*...

– Tu as changé l'Histoire, Sam.

La voix d'Al interrompit le flot de ses souvenirs avant qu'il puisse parvenir à un point capital, il le sentait au creux de son estomac – un détail capital qui concernait Maggie, la photographe et... *Al ?*

– Moi ? Changé l'Histoire ?

Il secoua la tête dans l'espoir de s'éclaircir les idées.

– Ici, en 1999, la fille de Tom vient d'en faire un grand-père.

Un instant, Sam resta sans voix. Enfin, il hoqueta :

– Tom ? *Grand-père ?*

– Pour la deuxième fois. La femme de son fils a eu un petit garçon l'année dernière. Samuel John Beckett. (Il ne laissa pas à Sam le temps de réagir – encore moins de se remettre de cette nouvelle – et poursuivit :) Le nouveau bébé est une fille. Olivia Kate McPherson. Tom nous a envoyé des photos, la semaine dernière. Elle a ses yeux et une mèche blanche dans les cheveux, comme toi.

Le cerveau tant célébré de Sam s'était changé en bouillie.

– C... comme moi ?

Al hocha la tête, inspectant Sam d'un regard d'aigle, même si le ton de sa voix restait nonchalant.

– Bien sûr, elle a à peine deux semaines, et elle

se retrouve avec des cheveux prématurément gris, exactement comme toi. Mais, d'après Tom, ça arrive de temps en temps chez les Beckett.

– On tient ça de la grand-mère de papa, s'entendit répondre Sam.

Il se passa la main dans les cheveux. Des cheveux blancs ? Quand cela lui était-il arrivé ?

Et quelle importance ? Tom était vivant, et il avait des petits-enfants – des vies toutes neuves qui avaient commencé à l'instant où Sam avait posé le pied dans l'accélérateur. Des souvenirs qu'il ne pouvait pas oublier, parce qu'ils n'existaient pas au départ.

Soudain, de façon stupide, il eut envie de rire.

– Mon Dieu ! Incroyable ! Tom, grand-père !

– Eh oui ! Mais si tu n'avais pas été là, Tom serait mort. Ses enfants et ses petits-enfants n'auraient jamais vu le jour. (Les yeux perçants de l'amiral captèrent et retinrent le regard de Sam.) Et voilà quel marché tu passes à chaque saut dans le temps, mon vieux.

La voix du héraut rompit le silence, comme un coup de tonnerre :

– S'il plaît à Vos Majestés, la joute qui oppose les seigneurs Ranulf et Perceval va bientôt commencer !

Al indiqua la lice d'un geste. Sam avança comme un somnambule.

J'avais tort, se répéta-t-il. *Le projet Code Quantum n'est pas un rêve dont je me réveillerai un jour. Mais à sa façon, Al se trompe lui aussi. Ce n'est pas un pacte avec Dieu. C'est un cadeau fabuleux.*

Tom est vivant – il a des enfants et des petits-enfants.

Mais il ne s'agit pas seulement de lui. Il y a tous ceux que j'ai essayé d'aider. Toutes ces vies qui ont changé pour devenir meilleures.

Quelque chose commença à monter en lui, un condensé d'émotions qu'il reconnaissait à peine, qui gonflait son cœur et son âme. Tandis que le héraut énonçait les modalités de chaque phase du combat, Sam se retourna une dernière fois vers Al.

– Tu sais quoi ?

– Quoi ? (Sur un ton méfiant.)

Sam se contenait à peine.

– Un de ces jours, quand je vais me réveiller dans mon propre lit et que je reverrai mon vrai visage dans un miroir, ma première pensée ne sera pas que je suis enfin de retour chez moi.

– Ah non ? répondit Al, encore méfiant, les sourcils toujours froncés.

– Non, dit Sam avec un immense sourire. Je me demanderai ce qui ne va pas dans ma vie pour qu'on m'envoie la remettre en ordre !

15

Donna servit le petit déjeuner sur la table miroir, s'interposant discrètement mais délibérément entre Philip et son reflet.

– Bonjour, monsieur Larkin. J'espère que vous aimez l'omelette aux épinards et les toasts au levain.

– Bonjour, docteur Elesee. Ça semble fameux. Merci.

Il lui sourit timidement, et elle dut se maîtriser pour ne pas frémir. Le sourire de Sam, ce sourire timide et désabusé qu'il avait affiché la première fois qu'elle l'avait vu. S'il produisait le même effet sur le visage de Philip Larkin, Cynthia Mulloy serait obligée de réagir. Dieu sait que Donna avait toujours été incapable d'y résister.

Philip prit une fourchette et attaqua le repas.

– Le Dr Beckett va bien ?

– Très bien. Et vous ?

– Il y a encore des choses dont je ne parviens pas à me souvenir – j'aimerais que vous me laissiez discuter avec votre ordinateur. Ce portable est plus rapide que tout ce que je connaissais, mais il a quand même des limites. Si je pouvais accéder au réseau principal...

– Je regrette. Si ça peut vous consoler, Ziggy trouve ces règles aussi frustrantes que vous. Elle brûle de vous parler, elle aussi. Mais c'est impossible. Vous comprenez pourquoi.

– Quelqu'un qui en saurait trop sur le futur pourrait mettre le passé en péril. (Philip mâcha, avala et but une gorgée de cappuccino.) Le dilemme du capitaine Kirk.

– Du... ? Oh ! (Donna sourit.) Je me souviens de l'épisode auquel vous faites allusion. Vous savez, j'ai ma petite idée, à ce sujet. J'aimerais vous demander votre avis là-dessus. Croyez-vous qu'il y ait beaucoup de savants de notre génération qui n'aient pas été fans de *Star Trek* ?

Philip secoua la tête, avec un sourire.

– Possible, mais je refuse de travailler avec eux. On a fait d'autres films après celui où ils sauvaient les baleines ? Non, ça aussi, je suppose que vous ne pouvez pas me le dire. Ni si George Lucas a un jour terminé les autres films de *La Guerre des étoiles* !

– Mieux vaudra vous armer de patience, lui conseilla Donna avant de boire une gorgée de thé. Vous savez, docteur Larkin, en général, les gens posent surtout des questions personnelles. Ils nous interrogent sur leur propre futur. La famille, les enfants, leur carrière...

Haussant les épaules, il mâchonna un morceau de saucisse au lieu de répondre.

– Vous devez bien avoir des questions qui vous tracassent, comme tout le monde.

– Vous n'avez pas le droit de me répondre. Alors, à quoi bon ?

Une attitude raisonnable. Donna estimait souvent qu'on devrait révéler davantage de choses aux gens. Ceux qui devinaient la situation – les rares personnes, comme Philip Larkin, à qui on les expliquait – l'acceptaient très bien. Elle voyait là une conséquence de la fascination de ce siècle pour la science-fiction.

Révéler la vérité à dose raisonnable serait sans doute préférable afin de calmer les craintes des gens, plutôt que de les laisser se ronger les sangs en spéculations farfelues. L'hypothèse de l'« enlèvement extraterrestre » – très répandue chez leurs invités – était directement imputable à la science-fiction. D'autres se croyaient victimes d'une cellule d'interrogatoire du gouvernement, de la Mafia, de farces pas très futées dues à des « amis » à l'imagination délirante, de terroristes internationaux et/ou d'une crise de folie.

Leur expliquer les bases du projet Code Quantum n'aurait sans doute pas d'importance. A ce jour, personne n'avait regagné le passé avec sa mémoire intacte. Ziggy avait consacré une banque mémorielle entière à chercher les preuves du contraire, mais personne n'avait contacté les journaux, écrit un livre ou figuré dans un talk-show. Selon l'ordinateur, ceux qui gardaient des souvenirs étaient trop embarrassés pour en faire part – ou redoutaient d'entendre confirmer leurs pires craintes en se faisant traiter de cinglés.

Donna avait une théorie là-dessus : durant la transmutation en retour, la personne partageait suffisamment de souvenirs de la mission de Sam pour pouvoir fonctionner normalement, les trous de mémoire étant attribués à la tension. Par chance, les dossiers de Ziggy n'avaient jamais révélé de problèmes sérieux. Une ou deux personnes étaient allées consulter leur médecin de famille en parlant d'amnésie ou de troubles psychologiques, mais les archives médicales indiquaient que tous les examens s'étaient bien passés.

D'un autre côté, il y avait eu une mission terrifiante où l'homme dont Sam habitait le corps avait conservé plus de souvenirs de Sam qu'il n'était commun – suffisamment pour s'évader du quartier général du projet et entraîner Al dans une poursuite désespérée. Ils avaient évité le désastre de justesse et en avaient conclu que le secret restait finalement la meilleure politique. Ils couraient toujours le risque de voir Sam se transmuter dans le corps d'un nouveau Lee Harvey Oswald.

Et c'est donc avec regret, parce qu'elle trouvait Philip Larkin sympathique, qu'elle lui répondit :

– Non, je ne peux rien vous dire.

– Je m'en doutais.

Il beurra ses tartines avec des mouvements rapides et précis. Donna sourit. Sam lui aussi avait tendance à barbouiller ses toasts et à laisser traîner des miettes dans le lit.

– D'ailleurs, poursuivit Philip, le temps est surtout une illusion, si on y réfléchit bien. On colle des étiquettes, *passé*, *présent*, *futur*, comme si on parlait de conjugaisons de verbes. Mais ce sont des termes artificiels qu'on emploie parce qu'ils sont pratiques. L'instant que j'appelle *maintenant* appartient déjà au *passé*. Le *maintenant* où je me trouve – ici, je veux dire – est en fait le futur, de mon point de vue. Et si vous voulez vraiment compliquer les choses, est-ce que le passé ne devient pas un *maintenant*, quand on est en train de se le remémorer ?

Donna fronça les sourcils. Dommage, vraiment, de ne pas le laisser converser avec Ziggy, qui raffolait de ce genre de délires sur le temps.

– Et la prévision du futur ? continuait Philip. Les savants conventionnels en font des gorges chaudes, mais ça n'empêche pas les expériences de continuer. Est-ce que les voyants perçoivent l'avenir comme s'il s'agissait du présent, ou ont-ils l'impression de se souvenir du passé ?

Donna songea à Tamlyn, pour qui le passé ressemblait au présent. Son don avait franchi l'aura, pour distinguer le vrai visage de Sam. Elle l'avait aimé et avait été aimée en retour.

– Avez-vous lu le roman de Robert Heinlein, *Time Enough for Love* ? demanda-t-elle soudain, certaine de la réponse.

Philip sembla surpris un instant, puis il hocha la tête.

– Mais oui ! C'est exactement ça ! Pour tout le monde, seul existe l'instant présent. Rien ne garantit l'existence de demain. Et il faut profiter d'aujourd'hui au maximum parce que...

Il s'arrêta. Le froncement de sourcils de Sam s'accentua, ridant son visage de façon plus prononcée que dans les souvenirs de Donna. L'aura changeait avec le temps ; à plusieurs reprises, elle avait découvert que, d'un jour à l'autre, Sam avait réussi à s'isoler assez longtemps pour essayer, armé de ciseaux, de se raccourcir les cheveux. (Sans possibilité de vérifier dans un miroir, l'opération restait une entreprise hasardeuse.)

La longue absence de Donna l'avait empêchée de remarquer ces évolutions graduelles. Si bien qu'elle découvrit avec surprise que la mèche blanche s'était élargie, et que les pattes-d'oie au coin de ses yeux s'étaient gravées plus profondément.

– Ce titre... *Time Enough for Love* (*Assez de temps pour l'amour*)... C'est ce que je n'ai jamais fait. (Donna eut le cœur serré en entendant Philip Larkin s'adresser un tel reproche.) J'ai toujours trouvé assez de temps pour tout, sauf le plus important.

– Votre travail est capital.

Voilà peut-être le commentaire le plus paternaliste et le plus idiot qu'elle aurait pu faire. Pire encore : c'était une remarque intéressée et égoïste. Elle se flanqua mentalement une gifle.

– Ben voyons, répondit Philip. Et ce livre imbécile ? Je n'ai pas le moindre talent d'écrivain, je le sais. Si je montre un jour le manuscrit à Cynthia, elle s'en apercevra également. Elle n'a pas fini de rire.

En se rappelant d'avancer prudemment, Donna intervint :

– Je crois que je serais très flattée de voir un homme écrire un livre dont je serais l'héroïne.

Philip abattit sa main – et la fourchette qu'elle tenait – avec une telle force que les tasses tintèrent.

– Mais Cynthia ne ressemble pas à Alix ! Plus j'avançais dans mon roman, plus je savais que le comte de Saint-Junien ne s'amouracherait jamais d'une femme aussi intelligente et indépendante qu'Alix – comme je l'avais conçue, sur le modèle de Cynthia – et le livre devenait de plus en plus mauvais à chaque mot que je rédigeais !

206

– Que voulez-vous dire ? demanda Donna en feignant de ne pas comprendre.

Il se leva pour faire les cent pas. En voyant les longues jambes de Sam propulser Philip Larkin d'un bout de la salle d'attente à l'autre, Donna repensa au verdict de Verbeena :

– *Interface physique subliminale.*

Philip allait et venait, les bras moulinant l'air, les yeux jetant des éclairs. Il parlait si vite qu'il en bafouillait.

– Cynthia ne peut pas appartenir au Moyen Age ! Je n'ai pas pu... la changer en ce qu'elle n'était pas, même sous un autre nom et... Mais pour être authentique, pour que les relations entre les personnages fonctionnent vraiment... Je ne pouvais pas l'y intégrer de force, et il ne pouvait pas tomber amoureux de ce qu'elle était, telle que je l'avais décrite... Et pour vraiment rendre compte de ce qu'était l'époque...

– Alix ne pouvait pas être un personnage fort, acheva Donna à sa place. Une femme libérée.

Philip hocha la tête.

– Et essayer de faire vivre une femme du XXᵉ siècle dans une société du XIIᵉ a saboté tout votre ouvrage, je me trompe ? poursuivit Donna.

Philip ouvrit la bouche, mais aucun son n'en sortit pendant une ou deux minutes. Puis il réussit à dire :

– Cynthia n'appartient pas à cette époque. Pas plus que je n'appartiens à la vôtre ou le Dr Beckett à celle où je vis. Vivais.

– Devrais vivre, suggéra Donna.

Le visage de Philip Larkin s'illumina.

– Tout ce que nous possédons, c'est notre présent...

– Oui. (*Et quand récupérerons-nous le nôtre, Sam ?*)

– Docteur Elesee ?

Elle fut surprise par le ton de sa voix, mais le choc aurait pu être plus rude. Sam aurait dit *Donna*.

– Pendant un moment, avec toute cette technologie – vous devez comprendre ce que ça représente pour quelqu'un comme moi – et tout le monde a été si gentil, et tout ça... Je m'étais dit que ça me plairait de rester ici.

– C'est impossible.

Elle mentait.

– Je le sais bien. Je l'ai quand même un peu souhaité. (Il redressa ses minces épaules.) Mais j'ai changé d'avis.

– Vraiment ?

– Oui. Ce n'est pas au Dr Beckett de faire ce dont j'aurais dû me charger moi-même. Et si je veux résoudre mes problèmes, il ne faut pas que je le fasse au XIIᵉ siècle.

Le passé dont on se souvient devient le présent – enfin, peut-être. Mais qu'arrive-t-il quand on crée un passé ? Comme Philip avec dame Alix... Comme moi aussi peut-être en jouant les Dr Watson – et comme Sam au cours de ses voyages ?

– Quand je retrouverai mon présent, je vais en jouir du mieux possible. Je vais en tirer tout le suc.

Elle eut envie d'applaudir. Mais elle préféra dissimuler son sourire derrière sa tasse de thé.

– Je ne sais pas ce que j'oublierai de tout cela (il indiqua de la main la pièce nue). Mais j'espère au moins me souvenir de vous.

– De moi ? dit Donna, surprise.

Philip rougit.

– Vous ne ressemblez pas vraiment à Cynthia – enfin, physiquement, elle est blonde, plus petite que vous, et elle est vraiment superbe, mais vous... enfin, vous devez bien savoir que vous êtes très belle.

A son tour, Donna se sentit rougir.

– Je ne veux pas sous-estimer votre intelligence, je sais qu'il en faut pour faire partie d'un tel projet, mais... (Il secoua la tête, partit d'un petit rire nerveux.) Je ferais mieux de me taire, je m'enfonce ! Ce que je voulais dire, c'est que... (Il prit une profonde respiration.) Et si je vous disais que, la première fois que je vous ai vue, j'ai eu le sentiment de vous connaître déjà, est-ce que ça vous paraîtrait absurde ?

Troublée, elle répondit :

– Non, pas tant que ça.

– J'aime Cynthia, déclara-t-il en s'empourprant de plus belle. Plus je passe de temps avec elle, plus je lui parle et plus je l'aime. Mais... je ressens aussi quelque chose pour vous. Je ne comprends pas, mais...

Elle se réfugia derrière une citation de Ziggy :

– Il se produit une fusion partielle au cours de chaque transmutation, elle est plus ou moins avancée selon la configuration de neurones et de mésons qui se rencontrent au cours du transfert.

Il sembla ne pas remarquer son ton pédant, et plongea directement au cœur du problème.

– Vous voulez dire que je possède actuellement des souvenirs qui ne m'appartiennent pas à moi, mais au Dr Beckett ?

Elle ne put que hocher la tête, en se demandant lesquels.

– Oh ! fit Philip, pensif.

Se reprenant, Donna lui conseilla :

– Ne vous tracassez pas trop. Le Dr Beckett se rappelle souvent des fragments épars de la vie des autres.

– Oh ! répéta-t-il.

Puis il affronta franchement le regard de la femme.

Elle eut le vertige. L'amour de Sam passant par le regard de Sam, transmis par Philip Larkin ? Se sentant dépassée par cette conversation, elle esquissa un mouvement de retraite vers la porte.

– Excusez-moi, lui dit Philip, dépité. C'est juste que... Vous savez ? Ce qu'il ressent, je veux dire. Pour vous. Parce que moi, je le comprends.

Sur ces mots, il devint rouge comme une pivoine, jusqu'aux oreilles de Sam.

– Oui, je le sais, murmura-t-elle. C'est mon mari. Je suis sa femme.

Philip sourit, ravi.

– Vraiment ? Alors c'est formidable ! (Puis il reprit sa respiration, et le sourire disparut en même temps que Sam.) Mais il... vous ne l'avez pas vu depuis longtemps ? (Il jeta par réflexe un coup d'œil dans le miroir et blêmit.) Ô mon Dieu ! Vous le voyez en ce moment ! Sauf que ce n'est pas réellement lui.

D'un seul mouvement, Philip traversa la salle et prit Donna par les épaules.

Physique... résiduelle... oh, non, ne faites pas ça, Philip, par pitié ! Ne me touchez pas comme le fait Sam...

Mais elle fut incapable de s'écarter.

– Mon condensateur... Si c'est ça qui n'a pas fonctionné au cours de cette expérience, je ferai tout ce qui est en mon pouvoir pour aider à le ramener chez lui. Je le jure devant Dieu.

Je reviendrai. Je le jure devant Dieu, je reviendrai...

Son visage, le visage de Sam – les fines rides autour de ses yeux, le début de barbe sur son menton carré, le nez fin, la courbe impatiente de sa bouche et la mèche blanche dans ses cheveux, pour rappeler que les années les avaient oubliés...

Donna ferma les yeux, et quelque chose murmura *Rien qu'une fois...*

Les lèvres qu'elle embrassa, une seule fois, et si légèrement, dans un présent fugitif, étaient celles de Sam.

Un frisson la parcourut. Elle recula d'un pas et il la lâcha. Elle le regarda une nouvelle fois.

Ce n'était pas Sam. Non, ce n'était pas du tout lui. Elle se força à sourire.

– Merci, Philip.

16

– Qu'est-ce qu'il lui prend ? Mais il rit, ma parole ? siffla Zoey.

Alia secoua la tête sans comprendre.

A en juger par l'expression de Roger, il était aussi perplexe qu'Alia et que Zoey. Et furieux, par-dessus le marché. Son front se plissa, il grogna quelque chose à l'adresse de Sam tandis que tous deux s'approchaient de la tribune royale. Sam lui jeta un coup d'œil, surpris – pas par ce qu'avait dit Roger, jugea Alia d'un œil critique, mais par sa simple présence. Comme s'il avait oublié son existence – et celle de l'univers entier autour de lui. Le rire s'estompa pour ne plus être qu'un sourire, mais, quand il jeta un regard dans le vide, sur sa gauche, ses yeux pétillaient toujours comme s'il s'amusait d'une plaisanterie secrète. Non, corrigea Alia, pas le vide ; l'hologramme devait être là. Et dans les yeux brillants de Sam, on lisait la confirmation d'un secret que ne partageaient que son ami Al et lui.

En fait, quand Sam donna une légère tape sur l'épaule de Roger, il ressemblait déjà à un vainqueur.

– Maintenant ? demanda Zoey.

– Pas encore, chuchota Alia. Attends.

Les deux hommes exécutèrent d'invraisemblables courbettes devant le couple royal. Alia grimpa une petite marche pour se retrouver à la hauteur de la reine Elinor. Elle tenta d'attirer l'attention de Sam.

Vu le résultat, elle aurait tout aussi bien pu être en orbite autour de la planète Mars.

Il paraissait... non, pas serein. Calme ?

– Résigné à sa défaite, commenta Zoey d'une voix suave.

Elle se trompait, Alia le savait. Elle vit Sam recevoir un bouclier ovale et effectuer un demi-tour impeccable, descendre la lice aux côtés de Roger. Alia essaya d'analyser mentalement le visage de Sam. Si Beckett s'était résigné à quelque chose – à son destin ? à son sort ? –, ce n'était pas à la défaite, de toute évidence. Une telle pensée ne lui viendrait jamais à l'esprit.

– ... Vraiment puéril, disait la reine. Mais je dois avouer qu'en même temps je trouve ça follement excitant. Franchement, madame, je me demande pourquoi vous avez laissé l'affaire en arriver là.

Alia haussa les épaules, avant de se rappeler juste à temps le rôle qu'elle jouait.

– Avec tout le respect que je dois à Votre Majesté, croyez-vous que nous aurions pu les en dissuader ?

La reine eut un sourire désabusé.

– Je vois ce que vous voulez dire. Ils ont, l'un comme l'autre, l'orgueil d'un Lucifer.

– Qu'est-ce qu'elle en sait ? intervint Zoey.

– Et l'entêtement de deux mules, ajouta Alia, qui connaissait bien Sam Beckett.

La reine Elinor poussa un soupir.

– Ma foi, vous avez raison, bien entendu. Ils sont en colère, ils ont une querelle à vider, mais ce sont aussi deux combattants expérimentés qui connaissent les règles. Cela dit, je préfère quand même les voir porter un bouclier, aujourd'hui.

– C'est moi qui ai insisté, intervint un noble, de son siège situé directement derrière la reine. Mieux vaut froisser de la tôle que cabosser des crânes.

Alia le reconnut. C'était l'homme qu'elle avait vu chez le forgeron.

– Belle preuve de sagesse, Duncan. Mais je ne crois pas qu'il faille trop nous inquiéter. Aucun des deux ne sera sérieusement blessé, même si je m'attends à quelques ecchymoses. (Elle eut un rire gourmand.) Je suis sûre, messire barbier, que vous avez préparé vos onguents et vos potions. Choisissez les plus nauséabonds, pour leur donner une bonne leçon !

– Bah, ces deux-là ont besoin d'un psy, pas d'un chirurgien, ricana messire Duncan en jouant avec sa chaîne de fonction (qui, Alia s'en aperçut soudain, s'ornait d'un médaillon en forme de caducée). Ils sont bons à enfermer. Et c'est quoi, cette histoire de livre, dame Cyndaria ? Je croyais que vous aviez rejoint les rangs de la Ligue pour échapper aux Judith Krantz en herbe ?

Alia lui jeta un sourire délicieux.

– Je sais reconnaître un best-seller quand j'en vois un, messire barbier.

– J'ai du mal à imaginer messire Perceval en train d'écrire en cachette des romans à l'eau de rose, fit remarquer la reine. Quant au seigneur Ranulf... !

Le roi Steffan passa négligemment la jambe par-dessus le bras de son trône.

– Ouais. On s'attendait pas non plus à voir le baron de Stonybrook figurer sur les listes de recherche du F.B.I., souvenez-vous !

La corne du héraut lança un dernier appel.

– Le défi et la riposte ayant été légalement prononcés et légalement acceptés, messire Ranulf des Francs, messire Perceval... *Allez-y !*

Après un bref brouhaha causé par les paris de dernière minute, tout le monde s'assit sur le bord de son siège, tandis que le combat commençait. Zocy faisait les cent pas devant la tribune royale, pianotant furieusement sur son terminal, avec des commentaires irrités. Alia l'ignora.

Il lui semblait que les deux hommes retenaient leurs coups. Chacun testait la vigueur de son adversaire, répugnant à prendre l'offensive avant d'avoir évalué les capacités de l'autre. Roger avait pour lui la taille, le poids et l'allonge, mais Sam, malgré son manque de sommeil, était le plus vif. On aurait dit les premiers pas d'une danse de cour, presque une parade amoureuse d'épées et de boucliers. Pendant que les muscles et les esprits s'échauffaient, Sam commença à avancer, choisissant l'attaque – ce qui étonna Alia.

– Très joli, bien joué, roucoula le roi Steffan comme s'il décernait des bons points. Bonne tactique, Phil. Force-le à soulever sans arrêt son énorme bouclier, fatigue bien le bras qui tient son épée, et en même temps... oh, joli coup !

– Votre Majesté ! lui reprocha la reine. Vous vous devez d'être impartiale !

Sa Majesté lui jeta un regard ulcéré et reprit son commentaire en direct :

– Passe sous sa garde... Oh, pas de chance ! Allons, Phil, remue-toi un peu ! Voilà ! Pivote et frappe !

Chaque coup de lame contre un bouclier faisait monter de la foule des cris d'approbation et des grognements de commisération. A l'oreille d'Alia, les deux camps de supporters semblaient de taille à peu près égale. Elle se força au silence en se mordant les lèvres.

Zoey vint se placer devant elle, lui bouchant la vue.

– Tu ferais mieux de me prévenir avec suffisamment d'avance. D'après Lothos, le résultat ne sera peut-être pas instantané. Il se peut même que rien ne se produise. Alia, ma chérie, tu es bien sûre de savoir ce que tu fais ?

Elle répondit par un regard de mépris et se pencha vers la droite pour voir le combat.

– Attaque par en dessous, maintenant, marmonnait le roi. Recule et contourne... Ah ! Joli coup ! En plein sur le bouclier ! Il a dû sentir ses dents s'entrechoquer !

Le soleil déversait sur les deux chevaliers en cotte de mailles une chaleur éclatante, se reflétant par éclairs sur les boucliers et les heaumes emplumés. La trajectoire de chaque coup d'épée devenait lumineuse, chaque mouvement se changeait en poudroiement de soleil et d'argent. Alia supposa que, pour quelques-uns, un tel spectacle avait une certaine beauté barbare.

Sous les pas des combattants, le sol déjà desséché par l'été et piétiné lors d'autres affrontements commença à exhaler de petites bouffées de poussière. Ils devaient commencer à transpirer, se dit Alia. A avoir la gorge sèche et le souffle court. Chacun d'eux portait une bonne vingtaine de kilos de métal – la cotte de mailles, l'épée, le bouclier – en perpétuel mouvement, qu'ils attaquent, se défendent ou encaissent les coups de l'adversaire. Elle était étonnée de les voir toujours debout et, plus encore, de continuer à se battre.

– Alia !

Elle secoua la tête avec une expression impérieuse, guettant son heure, le cœur battant plus vite quand elle vit Sam hésiter. Mais craignait-elle pour lui, ou redoutait-elle de le voir perdre trop vite ? Elle-même n'aurait su le dire.

– Lothos a chargé les coordonnées !

Pas trop tôt, songea-t-elle, furieuse. Roger forçait Sam à reculer en multipliant les assauts sonores contre son bouclier. Alia se pencha en avant, trop néophyte en matière de joutes pour juger de la gravité des problèmes que rencontrait Sam. Mais le silence du roi Steffan lui fit comprendre qu'il s'inquiétait.

Soudain, quelqu'un poussa un cri : le pied de Roger venait de déraper sur une touffe d'herbe encore verte. Il battit désespérément des bras, perdit l'équilibre et tomba lourdement sur une hanche. Il réussit quand même à conserver son épée à la main, mais le bouclier lui échappa et vola à vingt pas de lui.

Chevaleresque, Sam se débarrassa du sien pour que le combat reste équilibré.

– Noble geste, messire Perceval ! lança la reine Elinor.

La foule rugit pour marquer qu'elle approuvait l'attitude de Sam. Alia se dit que ces gens étaient tous cinglés – à l'exception de messire Duncan, qui grommelait des commentaires mêlant rayons X et chirurgie corrective du genou, et du roi Steffan, qui se rassit au fond de son trône en bougonnant :

– Geste idiot, Phil !

Sam se montra aussi imbécile que la foule qui le regardait : il tendit une main gantée à Roger pour l'aider à se relever.

– Oui, oui, oui, scandait Alia à voix basse.

Mais Roger écarta brutalement la main tendue et se remit sur pied, levant à nouveau son épée.

– Ils se fatiguent, jugea la reine. Ils ne font plus qu'échanger des parades, en tentant de reprendre leur souffle.

Elle avait raison : les mouvements étaient lents, les attaques sans conviction et les feintes molles. La foule bouillonnait d'inquiétude et de spéculations impatientes. Les paris allaient bon train, les cotes changeaient sans cesse. Alia joignit les mains, les bagues de Cynthia s'enfoncèrent dans la chair de ses doigts, et elle sentit le goût cuivré du sang sur sa lèvre qu'elle venait de mordre.

– Un petit peu de patience, expliqua le roi. Ils se ménagent, voilà tout. Il doit bien faire dans les quarante degrés, sous leur carapace...

– Bon sang, Alia ! Arrête de tergiverser ! Lothos ne pourra pas conserver sa visée éternellement !

– Ha ! s'exclama le roi. Vous voyez ? Ils sont repartis !

Les vivats firent trembler les tribunes tandis que les deux chevaliers retrouvaient assez de souffle et de vigueur pour renouveler leur assaut avec une puissance neuve. Sam avança, tenant sa garde basse pour économiser les muscles de ses bras et de son dos ; Roger, méprisant cette facilité, brandissait son arme sans faiblesse. Une partie du cerveau d'Alia notait chaque mouvement, constatant que si les deux combattants étaient furieux, aucun n'était encore acculé à une offensive totale.

Les épées scandaient désormais une étrange mélodie, ou peut-être les sens douloureusement tendus d'Alia changeaient-ils chaque note d'acier en un son de cloche qui faisait vibrer tous ses nerfs. *Vite, par pitié, vite*, chuchota-t-elle, frémissant presque à chaque coup.

Soudain, Sam monta à l'assaut, passant sous la garde de Roger. Il saisit de sa main libre le bras armé de son adversaire, luttant pour immobiliser la lame. Alia n'en doutait pas un instant, il devait adjurer Roger de mettre fin à cette folie, d'arrêter le combat et de régler leur différend par une discussion raisonnable avant que l'un d'eux ne se blesse pour de bon. Alia pinça les lèvres. On pouvait toujours compter sur Sam pour agir de façon rationnelle.

Mais ce qu'il allait vivre n'avait rien de rationnel.

– Maintenant ! s'écria Alia.

La reine Elinor sursauta violemment et se retourna – à l'instant même où Cynthia tombait en pâmoison.

Sam entendit le cri lointain dans la tribune royale, mais ses autres sens furent submergés par ce qu'il vit et ce qu'il ressentit avec une fureur incrédule.

Au départ, Roger se trouvait en face de lui – grand et costaud, avec son visage harmonieux strié de transpiration derrière la visière de son casque, et ses muscles bandés sous le gant de Sam.

L'instant d'après, Sam vit Alia, à sa place – mince et souple, sa beauté froide brillant d'un bleu pâle sous l'argent du heaume, et son poignet mince, sûrement trop délicat pour soutenir le poids d'une épée.

Sam, stupéfait, fixa la lueur démente qui dansait dans les prunelles d'Alia. Elle parla d'une voix douce et moqueuse :

– Je t'avais prévenu, Sam... Tu ne peux plus prendre le risque de toucher qui que ce soit.

17

Sam recula devant Alia, comme si son contact l'avait brûlé. Elle souleva la lourde épée à deux mains pour le saluer – puis abattit la lame selon un arc de cercle qui visait son cou. Il esquiva par un bond de côté, et l'acier siffla en continuant sa trajectoire.

– Bon Dieu ! Comment elle a fait ça ? s'exclama Al.

Même s'il l'avait su – ce qui n'était pas le cas – Sam n'avait pas assez de souffle pour répondre. Il était trop occupé à assurer sa défense, de toutes les façons possibles.

– Joli coup, Zoey ! Mes compliments à Lothos, lança Alia dans le vide près d'elle.

Puis elle ancra ses deux pieds dans l'herbe piétinée, revendiquant son territoire. Elle abattit un coup d'estoc sur la cuisse gauche de Sam, en riant sous sa visière.

Sam détourna la lame, par un coup en travers et vers le bas. L'impact sonore se propagea jusque dans ses bras.

Curieusement, ils étaient de force assez comparable dans ce duel. Dans un moment de pur délire, Sam se demanda s'ils avaient regardé les mêmes films d'Errol Flynn quand ils étaient gosses. Ou peut-être *La Guerre des étoiles* – et soudain, il comprit comment il devait manier cette épée massive. *Arrête de te prendre pour un champion olympique d'escrime, idiot ! Prends modèle sur Luke Skywalker !*

Pour le moment, en tout cas, l'avantage revenait à Darth Vader – enfin, à Alia : elle était fraîche et dispose, et Sam la savait plus vigoureuse qu'elle ne le paraissait. Mais le poids de l'armure, du heaume et de son arme allait forcément la ralentir. Il fallut deux interminables minutes et une dizaine de parades rapides exécutées au dernier moment pour qu'il comprenne que rien ne la ralentirait, sauf s'il parvenait à l'assommer. Mais son changement de tactique dans le maniement de l'épée commençait à payer. *Utilise ton épée comme un sabre-laser – avec ce soleil, on pourrait même s'y tromper.*

– Attaque, règle-lui son compte, Sam !

Les lames s'entrechoquèrent à nouveau, glissant l'une contre l'autre jusqu'à ce que les gardes se rencontrent et se mêlent inextricablement. Sam baissa les yeux vers le regard bleu, flamboyant comme un laser sous le casque.

– Que vas-tu faire, Alia ? ahana-t-il. M'embrocher ? Tu ne me tueras pas. Tu ne peux pas. Je ne sais pas ce que tu cherches, mais ce n'est pas la mort.

La flamme au fond des yeux d'Alia monta dangereusement.

– Je veux exactement la même chose que toi, Sam – être libre.

De toutes les choses qu'il l'avait entendue dire, il crut celle-ci sans hésiter. Il lutta pour conserver les épées immobiles entre eux deux, tandis qu'elle poussait et tirait avec une fureur croissante, en cherchant à rompre sa prise.

Etre libre. Ils voulaient la même chose – mais des motivations opposées les inspiraient. Peut-être pas, après tout. Ne voulaient-ils pas tous deux être affranchis de cette solitude ? De leur crainte de ne jamais rentrer chez eux ?

Je suis toi et tu es moi, Sam Beckett.

Non. Même s'ils partageaient des émotions identiques, ils restaient différents.

Dans la cage d'acier de son casque, les joues d'Alia étaient rouges, ses lèvres amincies par l'effort – comme derrière les barreaux d'une prison, se dit Sam, pris de vertige. A quoi cela ressemblerait-il d'être prisonnier comme elle, de se transmuter en une personne en sachant qu'il fallait la détruire ou être soi-même menacé de destruction ?

Elle dut lire la pitié sur son visage.

– Ton insupportable noblesse d'âme me rend malade...

– Cette remarque s'adressait à Zoey ? demanda-t-il en la forçant à reculer d'un pas, puis d'un autre.

Il avait visé juste ; elle laissa échapper un bref hoquet, qui la trahit. Mais elle se reprit aussitôt et cria :

– Il faudra que tu me tues ou que tu meures !

Et Sam lut dans ses yeux fous ce qu'elle aurait vraiment voulu dire : *Tu peux me libérer, Sam...*

– Non ! Pas comme ça ! s'exclama-t-il, sans se soucier de savoir si Zoey surprenait ou non sa phrase.

Il ne pouvait pas laisser Alia basculer dans cette folie qui tourbillonnait au fond de ses yeux.

– Personne n'est obligé de mourir, Alia ! Je peux t'aider, je le sais...

Un espoir brilla dans les yeux de son adversaire. Puis elle tordit le cou, elle jeta un regard sur sa droite, et la terreur envahit ses traits.

– Reste à l'écart de tout ça ! Je peux me charger de lui, bon sang ! cria-t-elle.

– Alia ! Ne l'écoute pas ! Regarde-moi, laisse-moi t'aider...

Ce ne serait pas cette fois-ci.

Une chose dont il avait entendu parler – et qu'à sa grande honte il avait déjà connue – apparut au fond des prunelles d'Alia. La soif du sang, la fièvre des combats, cet état de folie pendant lequel le cerveau ne connaît qu'un impératif : tuer. Mais, chez elle, c'était peut-être aussi l'envie de mourir. Quoi qu'il en soit, pour Alia, il était trop tard : le fragile équilibre était brisé.

Sam dégagea sa garde et recula d'un bond. Le poids de son épée avait doublé et semblait encore augmenter à chaque minute qui passait. La transpiration lui piquait les yeux, plaquait ses cheveux sur son front, rendait ses paumes glissantes à l'intérieur des gants de cuir. Il devrait tenir assez longtemps pour épuiser son adversaire. Alia n'était pas Roger – un homme large d'épaules, habile, rompu aux jeux d'épée. Sam pouvait remporter le combat, même s'il n'était pas Luke Skywalker.

– Elle est droitière, Sam ! Ça signifie que sa défense est plus faible à gauche !

Mais elle se battait désormais comme une furie, les lèvres retroussées en un rictus, un sourd grognement félin montant de sa gorge à chaque coup d'épée.

– Sam ! Fais gaffe !

Il devait vaincre, pourtant, parce que s'il triomphait, les prévisions que Ziggy avait faites à propos de Philip, de Cynthia et de Roger se réaliseraient, et il pourrait se transmuter hors d'ici.

– Continue ! Bon sang, Sam, ne lui laisse pas le temps de se reprendre !

Et Alia retrouverait à nouveau sa trace. Et le toucherait une nouvelle fois.

– C'est ça ! Pousse ton avantage, Sam !

S'il triomphait, Alia allait perdre. Mais si c'était elle qui gagnait, tout le monde perdrait.

Ses muscles douloureux furent soudain envahis d'une nouvelle vigueur. *Un chevalier Jedi sent la Force couler en lui* – Sam entendit la réplique résonner dans sa tête et en conclut qu'il commençait à perdre les pédales. En tout cas, quelle que soit l'origine de cette énergie, il saurait la mettre à profit. Il repoussa tous les assauts, reprenant l'offensive. Il se concentra sur la défense d'Alia jusqu'à lui faire baisser sa garde, la frappa du plat de sa lame sur l'avantbras et enfonça la pointe émoussée de son arme dans la cotte de mailles qui recouvrait le haut de sa cuisse. Elle poussa un cri de douleur, et Sam frémit, envahi par un sentiment de culpabilité.

Il faut que j'agisse ainsi... Je n'ai pas le choix...
Alia, pardon...

Pour Alia, la défaite devenait lentement une certitude. Elle ne pouvait plus l'emporter. Elle devait en être persuadée dès le départ : il était le plus fort.

Pourtant, elle repartit à l'attaque ; il para de nouveau ; elle céda encore quelques mètres de terrain poussiéreux. Elle devait bien savoir qu'elle ne pouvait pas remporter ce combat, qu'elle allait finir par épuiser ses forces. Pourquoi se comportait-elle ainsi ? Pourquoi s'était-elle transmutée en Roger ? Souhaitait-elle le triomphe de Sam ?

Luke, fais confiance à la Force...

Il la laissa le repousser pas à pas. Elle pressa son avantage, mais ses mouvements trahissaient sa stupeur en voyant Sam céder du terrain. Elle lui fit traverser la lice jusqu'à la barrière de bois. En faisant un saut de côté pour échapper au coup de taille qui faillit lui trancher le jarret, Sam se cogna le dos contre la rambarde. Une douleur aiguë lui transperça le flanc et il espéra que le craquement qu'il avait entendu était celui du bois et non de ses côtes.

Soudain, la conduite d'Alia devint incompréhensible. Elle se laissa désarmer d'un coup d'épée – alors que Sam n'avait même pas cherché un tel résultat. Elle tomba le visage en avant, non par accident, mais d'un bond délibéré, les deux mains tendues vers le râtelier qui soutenait d'autres épées, d'autres boucliers. Quand elle fit de nouveau face à Sam, elle tenait un objet comme il n'en avait encore jamais vu. Un manche de bois orné de spirales pein-

226

tes en bleu, une chaîne de fer reliée à une boule hérissée de pointes – il regarda l'arme, bouche bée. Luke n'avait jamais rien affronté de comparable à ça.

Alia respirait profondément, avec un sourire terrible. Sa fureur sanguinaire s'était dissipée, remplacée par une expression bien plus calculatrice, bien plus meurtrière. Bien plus démente, peut-être.

– Je t'ai acheté un petit cadeau, ce matin, Sam.

– Oh, merde ! s'exclama Al. Attention... c'est un fléau d'armes !

Le terme ne disait rien à Sam – jusqu'à ce qu'Alia se remette à genoux et commence à faire tournoyer la sphère de fer au-dessus de sa tête. Le hérissement de pointes dorées commença à se brouiller à mesure que la boule prenait de la vitesse, puis elle jaillit comme une comète en direction de ses genoux.

Il s'écarta de justesse. La masse hérissée de pointes vint percuter le bois avec une force qui fracassa la balustrade et lui aurait brisé la rotule.

– Elle va te tuer, Sam !

Non, aurait-il répondu s'il avait eu assez de souffle. Elle voulait une seule chose : lui faire croire que le péril était si grave que son seul recours était de la tuer.

Alia leva une nouvelle fois la poignée bleue. La masse d'armes bondit vers le haut et prit de la vitesse au fil de ses rotations. Sam était placé entre Alia et les tribunes, si bien que nul ne voyait vraiment « Roger » manifester des intentions homicides. Encore quelques révolutions et le fléau viendrait s'écraser contre le flanc gauche de Sam, en broyant probablement sa cotte de mailles et ses côtes, avant de l'atteindre au cœur.

Sam lança son épée comme un javelot et exécuta une projection du pied en même temps, frappant le bras qui maniait l'arme mortelle. Avec un cri de douleur, Alia s'écroula sur le côté. Son élan coupé, le fléau retomba à terre. Sam se jeta aussitôt sur Alia, écrasant le corps de la jeune femme qui se débattait sous son poids.

Elle tenta de se saisir à nouveau du fléau, avec des yeux de démente, emplis de frustration et de terreur. Il sut alors qu'il ne s'était pas trompé ; cette fois-ci, il n'y avait plus aucun espoir pour elle. Elle avait perdu son équilibre sur le fil du rasoir et chu dans un puits de ténèbres sans fond.

Et c'était Sam qui l'y avait poussée.

– Ça suffit, Alia ! Tout est terminé !

Il luttait avec elle et tentait de lui immobiliser les bras. Les gants de cuir gênaient ses mouvements. Il ne voulait plus lui faire de mal mais elle n'avait pas tant de scrupules ; elle se débattait comme une furie, jouant des bras et des jambes. Elle frappa du poing la cage thoracique endolorie de Sam, qui perdit aussitôt toute sensibilité sur une moitié du torse.

Elle parvint à échapper en partie au poids de son corps.

– Si tu veux m'arrêter, il faudra me tuer, Sam !

Il réussit à rouler sur le dos, entraînant Alia dans son mouvement, et il poussa de nouveau avec un pied. La manœuvre réussit ; elle était de nouveau écrasée sous son poids et il la tenait par un bras.

– Ce n'est pas la solution !

– Il n'y en a pas d'autre ! Si je meurs, je serai libre... Parce que tu resteras bloqué ici, sans jamais pouvoir te transmuter ailleurs ! C'est pour ça que je l'ai fait, Zoey...

C'était un mensonge, il le savait. Il espéra que Zoey serait dupe, elle aussi. Il joua le rôle qu'elle voulait le voir tenir, en se demandant s'ils parviendraient tous deux à tromper Lothos.

– Alia ! Je peux t'aider ! Ecoute-moi !

Il lut sur le visage soudain terrorisé d'Alia qu'ils avaient échoué. Elle n'écoutait, n'entendait, ne comprenait plus rien : elle se noyait dans la conscience de son échec. Une force désespérée cambra son corps sous celui de Sam. Les doigts d'Alia, recourbés en griffes sous les gants épais, tentèrent de saisir le cou de Sam afin de le serrer à deux mains, en enfonçant les pouces dans sa gorge.

L'air commença à manquer dans les poumons de Sam. Il avait la tête qui tournait. Très loin, il entendit un beuglement de rage :

– Gushie, je suis un hologramme, bon Dieu ! Je ne peux rien faire !

Samuel John Beckett, docteur en médecine, savait très précisément ce qui lui arrivait. La pression sur ses carotides avait interrompu l'irrigation sanguine de son cerveau ; le passage de l'air était obstrué avant de franchir la trachée ; son larynx brutalisé allait être écrasé. Mais il ne sentirait rien : il aurait perdu conscience bien avant.

– Philip !

Sa vision se résumait à un tunnel, en bordure duquel il vit une tache jaune floue se développer et s'éloigner en même temps, puis il fut avalé dans une marée de ténèbres.

Soudain, l'air revint. Lorsque Sam déglutit, par réflexe, la douleur redoubla, mais son cerveau retrouvait sa lucidité. Un gong semblait battre à ses oreilles. Il attendit un moment que les cellules de son cerveau soient à nouveau oxygénées, puis il se souleva d'un côté, libérant le corps inerte d'Alia.

Cynthia se dressait au-dessus d'eux, bouleversée, le visage cireux, le manche du fléau d'armes serré dans ses mains.

Sam arracha son heaume, puis celui d'Alia. Elle avait les pommettes rouges et luisantes de sueur. Ses longs cils papillotèrent, et Sam poussa un soupir de soulagement. Elle était encore sonnée, au mieux à demi consciente, mais elle était sauve.

– De l'aide, vite ! lança-t-il à Cynthia d'une voix rauque, empoignant le visage d'Alia d'une main et cherchant de l'autre la pulsation du sang dans sa gorge.

– Philip...

– Vite, Cynthia !

Alia déglutit une fois, deux fois, et cligna des yeux pour le regarder.

– Sam ?

– Je suis là, Alia. (Il s'éclaircit la gorge.) Je suis là.

– Cynthia est partie chercher le docteur de la Ligue, Sam, lui annonça doucement Al.

Puis, à contrecœur :

– Alia va bien ?

Oui. Et non. La folie avait reflué de ses yeux, n'y laissant que lassitude et résignation. Il respira profondément et sentit une douleur dans sa poitrine. Elle savait quel sort l'attendait, et était trop épuisée pour le redouter.

– Quelle idiote ! chuchota-t-elle. J'aurais dû le savoir. Je ne suis même pas capable de mourir.

– Comment as-tu pu croire que je te tuerais ?

Un coin de la bouche d'Alia tressauta.

– C'est exactement ce que m'a dit Zoey à l'instant. Désolée, Sam.

– La mort n'est pas le seul moyen d'échapper à Lothos, Alia. Il doit y en avoir un autre. C'est obligatoire.

– Voilà une chose que Zoey ne dirait jamais.

Le visage d'Alia changea. Il était devenu sérieux, attentif – et curieusement innocent, comme celui d'une petite fille.

– Tu comprends ? Tu sais pourquoi, Sam ?

– Oui.

Elle faillit sourire. Au bout d'un moment, elle s'écarta de lui et se redressa sur un coude. Elle leva les mains, touchant légèrement le visage de son adversaire.

– Sam ? Tes yeux... Ils sont verts.

Et il y sentit le picotement des larmes.

– Les tiens... les tiens sont bleus, Alia. Ils sont très beaux.

Si incroyable que cela puisse paraître, elle souriait encore quand son corps se métamorphosa à l'intérieur de l'armure, que l'arc-en-ciel livide s'empara d'elle, et que Lothos la reprit.

18

La cotte de mailles, qui abritait de nouveau son légitime propriétaire, cliqueta au moment où Roger s'écroula sur l'herbe. Sam contempla le visage de l'homme – en y voyant toujours celui d'Alia. Pourquoi avait-elle souri ? Etait-ce parce que, cette fois-ci, elle espérait payer son échec de sa vie ?

Il leva les yeux vers Al, l'interrogeant en silence.

– Disparue, dit-il simplement.

Un bruit de pas pressés avertit Sam qu'il devait se contrôler. Cynthia revenait, accompagnée des nobles de la cour, exigeant à grands cris de savoir ce qui s'était passé. Un seul d'entre eux, vêtu de brun et porteur d'une lourde chaîne d'or, agit de façon pratique. Il écarta Sam et s'agenouilla auprès de Roger inconscient. Rapidement, avec des gestes précis de professionnel, il vérifia son pouls et ses pupilles.

– Il est dans les pommes, mais il ne devrait pas tarder à revenir à lui.

– Pas grâce à vous, dame Cyndaria, intervint le héraut sur un ton de reproche.

– Allons, allons, Harvey ! dit le roi.

– Et que vouliez-vous que je fasse ? répliqua Cynthia. Que je les laisse s'entre-tuer ?

– Ne bougez pas.

Sam fut surpris de sentir sur son cou des doigts qui tâtaient les abrasions de sa peau et les ecchymoses de sa gorge. Il se redressa et repoussa les mains.

– Je me sens très bien, annonça-t-il.

– Tu es fou ! hurla Cynthia.

La vigueur de cette soudaine colère fit retomber Sam sur son séant.

– Mais à quoi vous jouez ? On n'est plus au XVe siècle, Philip, bon Dieu ! Se battre pour une femme – espèces de... de barbares ! J'aurais dû vous assommer tous les deux ! Votre cervelle ne risquait pas grand-chose, vous en êtes totalement dépourvus !

Verbeena Beeks aurait diagnostiqué une réaction due au stress ; Al aurait dit que Cynthia avait temporairement viré fada. Ziggy aurait parlé de blocage partiel du système suite à une surcharge de données. Sam n'avait pas de définition exacte, mais il agit exactement comme l'exigeait l'état de la gente dame : il éclata de rire.

– Cynthia ! On peut dire que je suis heureux de te voir !

– Et je t'interdis de te moquer de moi, Philip Larkin ! Je ne veux plus jamais te revoir, de toute ma vie !

Mais il continua à rire en l'attirant vers lui, la forçant à se mettre à genoux avant de la serrer contre lui. Une manœuvre qui manquait de délicatesse, à cause de la cotte de mailles qui râpait l'épaule nue de la dame, et des cristaux de la coiffe qui griffaient la joue de Sam. Partagée entre un légitime courroux et la stupeur totale de voir enfin Philip se déclarer, Cynthia en perdit la parole.

Ce qui n'était pas le cas du héraut.

– Nos règlements ont été bafoués, Votre Majesté : le déroulement de la joute, l'intervention intempestive de dame Cyndaria en possession d'une arme prohibée...

– Oh ! Harvey, lâche-nous un peu, lui jeta le roi Steffan en lui faisant signe d'aller voir plus loin. Ils se sont tous deux comportés comme des ânes bâtés, mais rien ne l'interdit. Les idioties se paient toujours, tu le sais bien. Ils vont tous les deux claudiquer comme Quasimodo pendant une bonne semaine.

– Mais ils ont enfreint toutes les règles de la chevalerie ! Ils ont réellement essayé de se massacrer !

– Et alors ? Ils ont réussi ? Non ! Tiens, écoute : je vais les rétrograder au rang d'assistants écuyers, et ils feront partie des serviteurs à la grande table, pour Noël.

Quand le héraut ouvrit la bouche pour protester encore une fois, il se vit adresser une épouvantable grimace.

234

– Faut-il vous rappeler que Nous sommes le roi ?

– Comme il plaira à Votre Majesté, soupira le héraut.

La patte royale s'abattit amicalement contre sa nuque, manquant lui faire perdre l'équilibre.

– Eh bien, voilà ! C'est parfait. Je suis ravi que tu daignes m'approuver, Harvey. Regagnons la tribune. Bon sang, j'ai une de ces envies de bière !

Entre-temps, Sam avait lâché Cynthia, confuse et rougissante. Il lui sourit. Elle le regarda comme si une irrépressible envie de lui coller une paire de claques la démangeait.

Aussi Sam se pencha-t-il en avant pour l'embras- ser. Cela semblait s'imposer ; de plus, il avait eu sa ration de coups pour la journée, merci bien.

– Bon sang ! claironna soudain Al. Tu as réussi ! Le preux chevalier et la gente demoiselle vont bel et bien convoler ! Roger va écrire quatre romans sup- plémentaires, et il épousera l'actrice qui interprétera Alix au cinéma – je t'avais bien dit que c'était plus d'Alix que de Cynthia qu'il était amoureux...

– Idiot, lui dit Cynthia sur un ton de reproche.

Sam la serra à nouveau contre lui. Par-dessus l'épaule de la jeune femme, il aperçut la masse d'armes qui gisait dans l'herbe.

Soudain, elle lui parut familière.

Mais le fil de ses pensées fut interrompu quand Roger exécuta de vagues mouvements et poussa un gémissement. Cynthia l'aida à se relever, lui posa des questions inquiètes, auxquelles il répondit par des borborygmes. Le docteur l'examina à nouveau et s'en fut, après avoir confirmé le diagnostic auquel Sam avait abouti en silence : une parfaite hébétude, mais aucun dégât sérieux. Le fléau ne l'avait pas touché, bien entendu. Sam supposa que sa stupeur devait être due au traumatisme du transfert.

Le regard de Sam revint se poser sur le fléau. Il avait déjà vu ça quelque part – et pas seulement au moment où l'arme avait jailli vers lui avec une puissance fatale. Quelque chose dans le bois peint en bleu, dans cette chaîne sombre terminée par une boule de fer grise hérissée de pointes dorées...

– Vous deux et votre livre débile !

Cette fois-ci, l'interruption était éloquente et Cynthia se déchaînait à plein volume. Maintenant que son public était au complet, même s'il n'était pas encore tout à fait réceptif, Cynthia préférait de toute évidence la fureur aux câlins. Elle repoussa Sam ; il retomba de nouveau sur le flanc, avec une grimace.

– Vous savez combien j'avais l'intention de vous proposer, pour l'avance ? Vingt mille dollars ! Pour un premier roman ! Vingt mille ! Et en vous voyant vous étriper avec tant d'ardeur, j'ai bien cru que j'allais financer vos funérailles ! Bon Dieu de bon Dieu, je ne sais pas ce qui me retient de vous assassiner de mes propres mains !

Al l'écoutait avec admiration :

– On ne t'a jamais dit que tu es une vraie beauté quand tu es en fureur ?

Roger se ressaisit – mais pas à cause de la menace.

– Combien tu as dit ? demanda-t-il.

– Vingt mille dollars.

Comme il ne répondait rien, elle grinça des dents.

– Bon, d'accord. Disons trente mille. Mais c'est mon dernier mot. Pas un *cent* de plus !

Roger déglutit, regarda Sam.

– Tu as remporté la joute. Je n'ai pas très bien compris comment tu as fait, mais c'est toi le vainqueur.

Sam, qui n'avait pas la moindre intention de l'éclairer sur ce point, s'appuya sur un coude et lui demanda :

– Oui, et alors ?

Roger s'éclaircit la gorge.

– Selon le règlement de la Ligue, ça signifie que tu as prouvé ta bonne foi. Tu as gagné. Donc, tu avais raison et j'avais tort.

Cynthia leva les mains pour prendre les cieux à témoin de cette imbécillité sans nom.

– Par conséquent, tout te revient, acheva Roger.

– Cynthia, annonça Sam d'un ton ferme, le manuscrit est de Roger. C'est lui qui l'a écrit.

– C'est vrai ? (Les deux mains retombèrent dans le giron de Cynthia.) Mais alors, pourquoi... toute cette histoire... la joute, les défis... ?

Elle se tut pour reprendre son élan et son souffle en vue d'une nouvelle tirade. Sam leva la main pour la plaquer sur sa bouche.

– Silence, madame, dit-il en souriant. Nous sommes en train de négocier.

Elle se libéra et le foudroya du regard.

Roger secoua la tête.

– Prends la moitié, Phil.

– Cinq pour cent, rétorqua Sam. C'est toi qui as fait tout le travail. Et nous savons aussi bien l'un que l'autre que je serais incapable d'écrire correctement la liste des commissions.

– Trente-cinq. C'est toi qui as rédigé la plus grosse partie de la première version. Et l'idée d'introduire Cynthia par le biais du personnage de dame Alix est de toi.

Cette réflexion coupa tous les effets de Cynthia.

– C'est vrai ? demanda-t-elle.

– Oui, répondit Sam.

Cet aveu était une erreur.

– Alors c'était ton idée ? C'est toi qui as fait de moi cette idiote, cette pimbêche maniérée, cette dinde sans cervelle ?

– Seulement dans ma version, corrigea Roger. C'est pour ça que la version de Phil est si mauvaise. Enfin, c'est une des raisons. (Brusquement, il se redressa pour défendre la femme dont il était amoureux.) Et puis Alix n'est pas une dinde ! C'est un portrait historique, elle est conforme à l'esprit de l'époque...

– Au XIIᵉ siècle, Cynthia, tu serais anachronique, intervint Sam.

– Et comment ! renchérit Roger (en jetant à Sam un regard qui disait clairement : *Je préfère être à ma place qu'à la tienne*). Je me suis uniquement servi de ton apparence extérieure. Parce que ta beauté est vraiment parfaite. Mais... (Il crispa la mâchoire, avant de déclarer avec une complète honnêteté :) Mais Phil te voulait telle que tu es.

Sam commença à comprendre pourquoi les deux hommes avaient commencé par être amis. Avec un peu de chance, ils le redeviendraient.

– Oh ! fit Cynthia.

Elle se mordilla la lèvre, avant d'exploser :

– Et tu comptais tout me dire sur dame Alix, Roger, ou allais-tu me faire longtemps passer pour une idiote, en me laissant dans l'ignorance de ce que tout le monde savait parfaitement ?

– Eh bien... (Il déglutit à nouveau.) En fait, si Phil n'avait pas vendu la mèche hier soir... Je me serais tu, moi aussi.

– Et comme il a parlé, tu as fait de même. Ah, les hommes !

Sam s'attendit à voir fondre sur eux une nouvelle avalanche de vitupérations pittoresques. Pourtant, un instant plus tard, Cynthia gratifiait Roger de son plus doux sourire.

– Première décision littéraire : on supprime toute référence à des carillons éoliens. Fais-lui tricoter des chaussettes, cultiver des plantes carnivores et mitonner des cakes à la pistache, ça m'est complètement égal. Mais les carillons éoliens sont strictement *verboten*.

– Mais c'est une partie essentielle de son personnage ! Et mon intrigue ? Elle...

Il jeta un second coup d'œil à l'acier tenu par le gant de soie, poussa un soupir et rendit les armes.

– D'accord, plus de carillons.

Sam profita de la pause pour réitérer :

– Cinq pour cent.

– Vingt, rétorqua aussitôt Roger. Considérons ça comme une commission d'agent littéraire.

– En général, les agents perçoivent dix pour cent, fit remarquer Cynthia.

– Entendu pour dix, opina Sam.

– Quinze, insista Roger.

Al s'éclaircit la gorge.

– Cinq pour cent de trente mille dollars, ça représente un joli magot, Sam. Quinze cents dollars, ça paie pas mal de bottes de gui. Cela dit, ça m'étonnerait que Philip en ait grand besoin...

Sam faillit s'étrangler de rire.

– Entendu, entendu, quinze. Mais je n'en garderai que dix. On utilisera les cinq pour cent restants pour organiser les plus somptueux ébats de Noël que la Ligue ait jamais connus. Et qui sait ? Le roi Steffan nous pardonnera peut-être.

– Ça me va ! acquiesça immédiatement Roger. Le dîner, un sapin gigantesque, des cadeaux pour tout le monde...

Sam jeta un regard en biais vers Cynthia.

– Du gui...

– Tu crois que tu en auras besoin ? répliqua celle-ci en levant les sourcils.

– Moi, elle me plaît, la petite dame, annonça Al.

Roger retira son gant droit et tendit la main.

– Dix pour cent de l'avance pour toi, cinq pour la Ligue. Tope là, Phil ?

– Tope là. (Sam retira son propre gant.) Tu sais, j'ai l'impression que ce bouquin va beaucoup mieux marcher qu'on ne le croit. En fait, je vois la liste des best-sellers du *New York Times* dans ton avenir...

Al jeta un regard d'avertissement que Sam ignora superbement.

– Deux ou trois suites...

– Je m'en doutais, fit Cynthia. Tu lui as tapé trop fort sur le crâne, Roger. Il délire complètement. Il a commencé par m'embrasser, et maintenant le voilà qui joue les Madame Irma.

– ... Une adaptation au cinéma, poursuivit Sam. Un mariage...

– Si tu insistes, dit Cynthia.

Sam cligna des yeux. Elle soutint son regard.

– Ma maman m'a toujours dit de saisir la balle au bond quand l'occasion se présente – et un homme en pleine crise de folie temporaire, j'appelle ça une chance à ne pas louper.

Al ricana doucement en fond sonore.

– Bien joué, messire Percy. Prêt à partir ?

Roger se mettait debout avec difficulté.

– En tout cas, ne la laisse jamais s'approcher du râtelier d'armes. Tu as vraiment utilisé ce machin contre moi ?

Il indiqua le fléau du doigt.

– Ça m'a permis d'attirer ton attention, rétorqua Cynthia. Malgré l'épaisseur de ton crâne. D'ailleurs, je n'ai pas frappé tellement fort.

– Tu as bosselé mon casque !

– Ça va, ça va. Je t'en offrirai un neuf.

Sam fixa le fléau des yeux, son cœur battant soudain la chamade. Il comprenait pourquoi l'engin lui semblait si familier. Le manche de bois était peint du même bleu que sur la barre du schéma de Philip ; la boule de fer avait le même gris que le cube ; les pointes dorées étaient pareilles aux lignes ondulées jaunes.

Cet ustensile ressemblait comme deux gouttes d'eau au condensateur de Larkin.

– Prépare-toi pour la transmutation, Sam.

Il secoua la tête.

– Regarde !

Il tendit la main vers l'arme.

– Regarder quoi ? s'enquit Cynthia.

Le Saint-Graal.

– Le condensateur, répliqua-t-il, presque hypnotisé. Quand il tournoyait en l'air – c'était exactement la même configuration...

– Incroyable, tout de même ! s'exclama-t-elle. On est passés du gui au mariage et enfin à la physique en deux minutes chrono ! Je suppose qu'il faudra que j'en prenne l'habitude.

– Si je ne le quitte pas des yeux...

Le regard surpris d'Al passa de Sam au fléau, et vice versa. Puis il comprit.

– Si tu le fixes au moment où Larkin se transmute... (Le terminal se mit à clignoter. Al poussa un cri de joie.) Ça a marché, Sam. Il a déposé son brevet en mai 1988. Un an et demi plus tôt qu'avant ! Et tiens-toi bien – il nous en a accordé l'usage gratuitement !

– Phil ? Tu te sens bien !

Roger était accroupi à sa droite, Cynthia à sa gauche.

– Parfaitement, répondit Sam.

Il continua à fixer l'arme qui avait failli le tuer. Le schéma qui allait peut-être lui rendre sa vie. Y avait-il en toute chose une nature double, chaque élément renfermait-il son propre opposé ?

Aujourd'hui, Sam avait aperçu les deux faces de son âme.

Et celle d'Alia.

– Minute, Ziggy, j'arrive ! annonça Al.

Sam leva les yeux.

– Non, ne me regarde pas, lui enjoignit Al. Garde donc les yeux rivés sur ce bidule ! Ziggy m'annonce que nous avons un visiteur important. Devine qui c'est ? finit-il avec un grand sourire.

Sam sourit aussi. Inutile de deviner : il connaissait la réponse. Reportant son regard sur le fléau d'armes, il se sentit gagné par le fourmillement familier. Il pressa la main de Cynthia, souhaitant silencieusement à elle et à Phil tous les bonheurs. Encore un instant et il serait ailleurs, à une autre époque...

Et il se répéta, comme il le faisait toujours : *et peut-être un jour, bientôt, chez moi...*

19

Elle était présente quand cela se produisit : la tension soudaine de son corps, la tête qui se souleva brusquement, la mine légèrement surprise, figée une fraction de seconde avant qu'une impalpable lueur blanc-bleu ne danse comme un feu Saint-Elme et ne s'évanouisse.

Sam ? pensa-t-elle comme à chaque fois. *Sam, es-tu rentré, m'es-tu enfin revenu, cette fois ?*

Le corps vêtu de blanc assis sur le banc s'affaissa en avant. Donna et Sammy Jo bondirent avant qu'il ne s'écroule. En le retenant à deux, elles attendirent que les yeux verts se focalisent et retrouvent leur lucidité.

Sam, songea Donna sans réfléchir. *S'il te plaît.*

– Tout va bien, vous êtes en sécurité, pas d'inquiétude, murmura la fille de Sam. Détendez-vous, laissez-vous aller. Voilà, respirez bien à fond.

Les épaules se raidirent avant de se détendre. Les deux femmes se risquèrent à le lâcher, constatèrent qu'il pouvait tenir tout seul et reculèrent. Il se racla la gorge, déglutit et regarda autour de lui.

– Vous pouvez me dire votre nom ? demanda Sammy Jo d'une voix douce et calme, avec une pointe d'accent sudiste.

Il adressa un regard désorienté aux deux femmes, tour à tour.

– Je... je m'appelle Josh, dit-il lentement, comme s'il n'en était pas sûr. Et vous ?

– Moi, c'est Sammy Jo, répondit-elle avec un bref regard de sympathie à l'intention de Donna. Voici le Dr Elesee. Vous êtes en sécurité, Josh. Détendez-vous. Je peux vous offrir quelque chose ? Un café ?

– Euh... oui, s'il vous plaît. Noir, un sucre.

Tandis que Sammy Jo exécutait le rituel prescrit par Verbeena (employer de petites coutumes sociales pour détourner l'attention et apaiser), Donna s'éloigna et brancha discrètement son ordinateur de poignet.

Josh se détendit et s'appuya contre le mur. Une main se leva pour repousser les cheveux qui lui tombaient dans les yeux – un geste de Sam.

Puis il poussa un cri :

– Ma main !

– Je vous assure que tout va bien, dit Sammy Jo. Tout va bien.

Il regardait la main droite de Sam comme si elle appartenait à quelqu'un d'autre, ce qui était d'ailleurs le cas, d'une certaine façon. Sammy Jo et Donna le regardèrent palper sa main droite avec la gauche, en évitant tout contact avec le pouce. Quand il essaya de le tâter, son index passa à travers l'illusion de l'aura.

Josh poussa un hurlement.

Donna parla dans le micro sur un ton pressant :

– Ziggy, fais immédiatement venir le Dr Beeks en salle d'attente. Nous avons un nouveau visiteur.

Un peu plus tard.

On avait donné un sédatif à Josh et Verbeena avait réuni suffisamment d'informations à son sujet pour aider Ziggy à aider Al à aider Sam. Joshua ben Avram (né Joshua Abramson, le 11 avril 1949, âge actuel dix-huit ans) avait perdu le pouce droit et l'usage de sa main lors d'un accident, dans un kibboutz israélien où sa famille avait émigré en août 1965.

Ziggy n'était guère diserte, mais un minimum d'arithmétique laissait entrevoir de fortes probabilités pour que Sam se trouve en 1967, au beau milieu de la guerre des Six-Jours.

Les transmutations de Sam l'entraînaient rarement hors des Etats-Unis. Il y avait eu le Viêt-nam, bien entendu, des fouilles archéologiques en Egypte, et une ou deux autres. Mais, apparemment, quelque chose ou quelqu'un manifestait assez de considération pour envoyer Sam dans des situations où il maîtrisait la langue et les coutumes locales.

De considération ou de sens pratique.

Donna parcourut le bref couloir qui conduisait à la salle de contrôle. Elle espérait qu'Al serait revenu pour faire le point sur la situation. Que le jeune Josh ben Avram ne parlait couramment ni l'hébreu ni le yiddish (Sam ne connaissait aucune de ces deux langues). Que Sam saurait s'adapter et se souvenir de ne pas utiliser sa main droite. Et, Dieu ! elle espérait qu'il ne se trouvait pas au beau milieu de la bataille !

Mais où pouvait-on trouver un jeune Israélien à une telle époque ? Josh avait l'âge de la conscription.

S'il ne pouvait pas se servir d'un fusil ni conduire de tank, on pouvait lui assigner une foule d'autres tâches tout aussi essentielles et tout aussi dangereuses. Donna aurait pu en citer une douzaine, sans chercher longtemps.

En passant en revue les possibilités, elle faillit ne pas voir l'homme grand, efflanqué et dégarni qui apparut au détour du couloir, un peu plus loin.

– Philip ! s'exclama Donna, surprise.

Non seulement on ne l'avait pas avertie de sa visite au Nouveau-Mexique mais, une heure plus tôt, elle s'entretenait encore avec son jeune *alter ego*. Pour une fois, elle comprenait un peu mieux les occasionnels cafouillages de mémoire dont Al était victime.

– Donna, comment ça va ?

Philip Larkin sourit pour la saluer et allongea la foulée. Ils s'embrassèrent brièvement.

– Tu es plus belle que jamais.

– Menteur. Qu'est-ce que tu fiches ici ? Tu es venu avec Cynthia et les enfants ?

– Je les ai laissés chez Rog et Nadine, à Pasadena.

Ils descendirent le couloir en direction de la salle de contrôle.

– Cynthia pense qu'un de ses manuscrits devrait intéresser Nadine. Je t'avais dit que Nadine avait lancé sa propre maison de production ? Et Rog est de corvée de Disneyland. (Il eut un sourire carnassier.) Mes trois monstres, ses jumelles... Et ce pauvre malheureux, tout seul pour affronter la meute !

– Philip Larkin, tu es un être aussi vil que cruel. Je ne sais pas pourquoi j'ai tant d'affection pour toi.

Elle le savait très bien, évidemment. Par certains côtés, il ressemblait beaucoup à Sam. Tous deux s'entendaient comme larrons en foire.

– Où est Sam ? demanda Philip.

– Nous allons justement l'apprendre.

Elle passa le bras dans celui de Philip. Elle se demanda un instant si elle devait lui dévoiler la nature de la dernière transmutation de Sam. En fait, c'était inutile. Il était déjà au courant. Lors de sa première visite au Nouveau-Mexique, une lueur était passée dans ses yeux – une sensation de déjà-vu, vite suivie par la stupeur. Donna n'avait pas compris à l'époque. Mais maintenant, tout était clair.

Elle n'avait pas souvent l'occasion d'observer les modifications opérées par Sam. Chaque fois qu'elle commencerait à se lamenter sur son sort, il lui suffirait de penser aux deux Philip Larkin, se dit-elle.

– Oh ! j'ai failli oublier, s'exclama-t-il. J'ai un jour de retard, mais joyeux anniversaire quand même.

Donna sourit, le remercia et caressa la rose jaune piquée dans ses cheveux.

– Après avoir fait le point avec Ziggy, j'ai discuté technique avec Tina, poursuivit Philip. J'ai procédé à certaines expériences, à New York, et je crois que je devrais pouvoir effectuer quelques menus réglages.

– Et le condensateur ?

– Nous allons désosser l'exemplaire de secours cet après-midi, et nous livrer à quelques tests. (Il s'arrêta devant la porte de la salle de contrôle, regarda à droite et à gauche pour s'assurer qu'ils étaient seuls et la prit doucement par les épaules.) Donna... je ferai tout ce qui me viendra à l'esprit, mais, franchement, je ne sais pas si le problème provient du condensateur.

Il répétait la même chose, pratiquement mot pour mot, à chaque visite.

Elle lui fit la réponse rituelle :

– S'il y a quelque chose à trouver, Philip, je te fais confiance. Tu trouveras.

Mais ils savaient désormais que les bonds désordonnés de Sam à travers le temps n'avaient pas grand-chose à voir (rien, peut-être) avec le condensateur fléau.

ÉPILOGUE

Encore une fois, il était seul.

Suspendu dans le temps ; seul avec ses souvenirs ; avec ses pensées ; à regarder des histoires dédoublées parader sous ses yeux comme deux versions d'un même film, dont celle défectueuse resterait sur le plancher, en salle de montage.

Alors. Vous avez rectifié la situation, docteur Beckett ?

Oui.

Et en aidant, vous êtes-vous aidé vous-même ?

Oui.

Vous avez payé le bien que vous vous êtes fait par celui que vous avez fait aux autres.

Oui.

Quand comprendrez-vous enfin ?

Il fronça légèrement les sourcils, cherchant la voix qui venait de partout et de nulle part.

Que diriez-vous si on vous apprenait que vous fondez vos théories sur une hypothèse erronée ?

Erronée.

Vous prenez sous votre responsabilité la vie des autres – même celle d'Alia.

Oui.

Toutes les vies, sauf la vôtre. L'erreur vient de là.

Il ne comprenait pas.

Alia a choisi son destin. Elle continue de le choisir, mais c'est une vérité qu'elle n'admettrait jamais, pas plus que vous ne l'admettez vous-même.

Mais... mais on l'a piégée, exactement comme moi.

Précisément. Elle partage vos erreurs de jugement. Mais l'amiral a compris.

Il fouilla dans sa mémoire et entendit Al parler d'un marché.

Nous passons un contrat avec nous-mêmes. Nous choisissons notre destin, docteur Beckett. Nous décidons à quelle entreprise nous vouer, cœur et âme.

Mais ça ne pouvait pas être vrai. Il n'exerçait aucun contrôle sur ses bonds dans le temps, n'avait aucune possibilité de choix et ne connaissait même pas ceux qui avaient besoin de son aide – comment aurait-il pu savoir en quel lieu et à quelle époque on avait besoin de lui ?

Connaissance et information sont deux choses distinctes.

Oui, bien sûr. La vieille dichotomie entre l'esprit et le cœur. Ce qu'il savait, par opposition à ce qu'il connaissait intimement.

On peut décrire la chose en ces termes. Quand vous serez intimement persuadé que vous faites ce que vous avez choisi de faire...

Alors il pourrait rentrer chez lui ?

Si vous vous y autorisez.

Il ne comprenait toujours pas.

L'image du Chevalier sans peur et sans reproche vous plaît.

Eh bien... oui, il devait le reconnaître. Al appelait ça son complexe du saint-bernard.

En d'autres termes, il est plus facile pour vous de répondre au besoin des autres que d'avoir besoin vous-même. D'espérer que vous avez raison plutôt que de craindre d'avoir tort. C'est là votre plus grande force. Et aussi votre plus grand défaut.

Mais il ne pouvait pas changer sa personnalité. Il ne pouvait pas s'empêcher de vouloir aider – pas plus qu'il ne pouvait s'empêcher de vouloir rentrer chez lui.

Un jour, vous le pourrez. Quand vous serez convaincu que choisir de rentrer chez vous n'est pas de l'égoïsme, mais de l'altruisme. Quand vous saurez que vos besoins sont au moins aussi importants que ceux d'autrui. Quand vous croirez que la valeur de votre personne est au moins égale à celle des autres.

Quand quelque chose tournerait mal dans sa propre existence et nécessiterait son intervention ? Quand la vie qu'il sauverait serait peut-être la sienne ?

Cette interprétation en vaut bien une autre... d'un certain point de vue. Mais pas cette fois-ci, docteur Beckett.

Les souvenirs s'estompèrent, la lumière l'éblouit, et il se transmuta.

Cinéma

Livre après livre, film après film, j'ai lu édifié l'étonnante bibliothèque du cinéma.

Les titres sont présentés par ordre alphabétique.

Abyss
CARD Orson Scott 2657/4
L'accompagnatrice
BERBEROVA Nina 3362/4
Adieu ma concubine
LEE Lilian 3633/4
A l'Opéra de Pékin, où les rôles féminins sont traditionnellement tenus par des hommes, Dieyi triomphe dans celui de la favorite. Mais Xiaolou, son compagnon de scène, lui préfère la belle Juxian de la Maison des Fleurs.
Un grand roman qui inspira le film Palme d'or au Festival de Cannes en 1993.

Alien
FOSTER Alan Dean 1115/3
AlienS
FOSTER Alan Dean 2105/4
Alien 3
FOSTER Alan Dean 3294/4
Les amies de ma femme
ADLER Philippe 2439/3
Angélique
GOLON 2488/7, 2489/7 & 2490/7
Les anges gardiens
FERDJOÜKH Malika 4204/2
L'année de l'éveil
JULIET Charles 2866/3
L'autre
CHEDID Andrée 2730/3
Beignets de tomates vertes
FLAGG Fannie 3315/7
Blade Runner
DICK Philip K. 1768/3

La brute
des **CARS Guy 47/3**
Carrie
KING Stephen 835/3
Charlie
KING Stephen 2089/5
Christine
KING Stephen 1866/4
Le club de la chance
TAN Amy 3589/4
Conan le Barbare
HOWARD Robert E. 1449/3 (avec Sprague de Camp)
Conan le destructeur
HOWARD Robert E. 1689/2 (avec R.Jordan)
La couleur pourpre
WALKER Alice 2123/3
Courage under fire
SHEANÉ DUNCAN Patrick 4285/4
Crossing Guard
RABE David 4072/5
Croc-Blanc
LONDON Jack 2887/3
Cujo
KING Stephen 1590/4
Cyrano de Bergerac
ROSTAND Edmond 3137/3
Dallas
RAINTREE Lee 1324/5
Danse avec les loups
BLAKE Michael 2958/4
La demoiselle d'Avignon
HEBRARD Frédérique 2620/4
Demolition Man
OSBORNE Richard 3628/4
Dans un futur d'une violence terrifiante, un flic surnommé Demolition Man en raison de ses méthodes, affronte un meurtrier sanguinaire.

Le dernier des Mohicans
COOPER Fenimore J. 2990/5
2001-l'odyssée de l'espace
CLARKE Arthur C. 349/2
Le diable au corps
RADIGUET Raymond 2969/1

Dragonheart
POGUE Charles Edward 4287/4
Elisa
FERNANDEZ-RÉCATALA 3980/4
E.T. L'extraterrestre
SPIELBERG Steven 1378/3
E.T. La planète verte
SPIELBERG Steven 1980/3
Etat second
YGLESIAS Rafael 3629/6
L'été en pente douce
PELOT Pierre 3249/3
Excès de confiance
ELLISON James 4245/3
Farinelli
CORBIAU Andrée 3955/3
Forrest Gump
Winston Groom 3816/4
Le Fugitif
DILLARD J.-M. 3585/4
Frankenstein
SHELLEY Mary 3567/3
Gaston Phébus
De **BEARN Myriam & Gaston 2772/6, 2773/7 & 2774/5**
Germinal
ZOLA Emile 901/3
Geronimo
CONLEY Robert J. 3714/3
Golden Girl
NASH Alanna 4241/6
Le grand chemin
HUBERT Jean-Loup 3425/3
L'homme sans visage
HOLLAND Isabelle 3518/3
Ils voulaient la lune
SHEPARD Alan 4115/7
Independence Day
DEVLIN & EMMERICH 4286/6
Le jardin secret
HODGSON BURNETT Frances 3655/4
J'étais empereur de Chine
PU-YI 2327/6
JF partagerait appartement
LUTZ John 3335/4
JFK
GARRISON Jim 3267/5 Inédit

Cinéma

4330

Photocomposition Assistance 44-Bouguenais
Achevé d'imprimer en Europe (France)
par Brodard et Taupin à La Flèche (Sarthe)
le 22 janvier 1997. 1701R
Dépôt légal janvier 1997. ISBN 2-290-04330-3

Éditions J'ai lu
84, rue de Grenelle, 75007 Paris
Diffusion France et étranger : Flammarion